O QUARTO ESTAVA GELADO E ESCURO

Zé Ronaldo Müller

O QUARTO ESTAVA GELADO E ESCURO

Rio de Janeiro

© Zé Ronaldo Müller

Revisão
Vera Villar

Diagramação
Rejane Megale

Capa
Carmen Torras – www.gabinetedeartes.com.br

Adequado ao novo acordo ortográfico da língua portuguesa

CIP-BRASIL. CATALOGAÇÃO-NA-FONTE
SINDICATO NACIONAL DOS EDITORES DE LIVROS, RJ
....
M923q

    Müller, José Ronaldo
        O quarto estava gelado e escuro / José Ronaldo Müller. - 1. ed. - Rio de Janeiro : Gryphus, 2022.
        218 p. ; 21 cm

        ISBN 978-65-86061-41-3

        1. Romance brasileiro. I. Título.

22-77531   CDD: 869.3
                                                                                     CDU: 82-93(81)
....

GRYPHUS EDITORA
Rua Major Rubens Vaz 456 – Gávea – 22470-070
Rio de Janeiro – RJ – Tel.: + 55 21 2533-2508
www.gryphus.com.br – e-mail: gryphus@gryphus.com.br

Aos jornalistas queridos
que me ajudaram a atravessar essa ponte
Andrea Cardoso, Waldir Leite e Christovam de Chevalier.

Dir-se-ia que dormindo tivesse atravessado desertos.
Entre o desejo e o tédio.
Nossa inquietude balança.
Desejos! Não nos cansareis nunca?

André Gide

Apresentação

Se no cinema há o "road movie", *O Quarto Estava Gelado e Escuro* poderia ser classificado como um "ride novel". Nas suas três partes, o enredo se desenvolve em Nova Iorque, no Mediterrâneo, e na Califórnia. Há também um epílogo no qual o narrador-protagonista faz um balanço de suas experiências, e procura solucionar seus impasses existenciais. A ação se desenvolve em uma sucessão frenética de cenas nas quais domina o diálogo ágil e a descrição suscinta e precisa na criação de atmosfera.

Como em um romance de formação, os protagonistas Pedro (também narrador) e Felipe, dois jovens brasileiros de classe média alta separam-se do ambiente familiar e partem em viagem para explorarem o mundo e a si mesmos, e usufruir ao máximo sua sexualidade.

A trajetória dos dois começa em Nova Iorque, no verão de 1983. Na meca do neoliberalismo, o valor de uso reina absoluto. Lá todo prazer tem marca, e o glamour do consumo desenfreado de produtos de luxo promete sem cessar o gozo absoluto. É neste ambiente que os dois jovens iniciam uma corrida vertiginosa regada a muito sexo, drogas e rock'n'roll, na busca do autoconhecimento e da realização de seus desejos.

Na segunda parte do romance, os dois jovens com nomes bíblicos se dirigem para Roma, mas o verdadeiro destino almejado pelos dois é, agora, o das ilhas do Mediterrâneo, que eles exploram não nas rudes embarcações de Odisseu ou Enéias, mas em luxuosos *yatchs* da aristocracia europeia. Semelhantes aos protagonistas do *Satyricon*, de Petrônio, Pedro e Felipe são agora atraídos por anfitriões e anfitriãs, dignos herdeiros do hedonismo desgarrado de Trimalquião.

No último episódio, Pedro parte para a Califórnia na esperança de reatar, agora definitivamente com seu, suposto, verdadeiro amor. Um homem casado, produtor musical que também flerta com o cinema. O encontro com a verdade deste amor não deixa de ser traumático para o jovem. O epílogo oferece uma solução um tanto ambígua para os impasses existenciais do protagonista. O livro com certeza excita os sentidos dos leitores e leitoras. O narrador não se exime da carnalidade das várias cenas homo, mas também hetero e eróticas que abundam no seu texto. Essas cenas, que talvez seja exagerado chamar de sublimes, não excluem o afeto pelo outro. Elas dificilmente ocorreriam em Sade, mas poderiam ser incluídas em páginas de Henry Miller e Jean Genet. Com exceção de uma, que não me atrevo a revelar.

Boas leituras.

Roberto Ferreira da Rocha
Professor Associado
Departamento de Letras Anglo-Germânica
Faculdade de Letras/UFRJ

Acordei. O quarto estava gelado e escuro. Uma fresta de luz atravessava o ambiente refletido pelo espelho da porta do armário aberta. Olhei para o lado e o relógio digital Timex marcava onze horas e doze minutos. Virei para o outro lado e apaguei.

Ouvi barulhos no quarto. Abri os olhos e vi Felipe mexendo no armário.

– Felipe, que horas são?
– Meio-dia. Você não vai levantar?

Eu me espreguicei e virei de lado.

– Vou tomar um banho.

Peguei a garrafa de água que estava na mesa de cabeceira e tomei tudo o que tinha.

– Alguém me ligou? – eu perguntei.
– Saí eram nove e meia. Não queria perder o café. O salão estava cheio de homens engravatados. O secretário do ministro, o tal de Aurélio, estava lá embaixo. Ele até falou comigo, com aquele jeito metido. Deu bom-dia e ainda perguntou se eu precisava de alguma coisa – disse Felipe.

– Que bom – resmunguei.
– Você vai almoçar no Michael's? – perguntou Felipe.
– No Michael's? Por quê?
– Você não lembra que o Garret te convidou ontem no Splash?
– Garret? Não me lembro – respondi.
– Garret, meu querido, o bofe de ontem.

Depois de alguns instantes, eu já estava escovando os dentes dentro do chuveiro. A água gelada me acordou e tirou o ranço da ressaca.

– Lembrei. Garret! É o garçom do Michael's. Mas ele não é dono para me convidar. Ele falou que trabalhava lá.
– Mas e daí? Ele é um gato. Parece um policial da NYPD com aquele bigode. Vamos lá, se anima. Estamos aqui há três dias e você fica aí sem curtir – resmungou Felipe.
– Nós saímos as três noites – retruquei.
– Saímos sim, mas tudo com horário. Ontem saímos era quase uma da manhã. Vamos sair agora e voltamos de madrugada. Você tá com o bolso cheio de dinheiro.
– Felipe, estou aqui neste quarto porque o ministro pode me ligar a qualquer hora e, se eu não estiver no quarto, vai dar merda. E minha noite não acabou à uma da manhã.
– Vai dar merda nenhuma – disse Felipe.

O telefone tocou.

– Atende que é para você – disse Felipe.

Saí do banheiro enrolado na toalha e fui até o telefone, ao lado da cama.

– *Hello*. Oi, Aurélio. Depois do jantar, que horas? Onze horas? Tá bom. Eu vou direto para o quarto dele. Tá bom. Espero você ligar.

Respirei fundo e olhei para Felipe.

– Tá vendo? Hoje não vai dar para sair de noite. O ministro...

— Então vamos almoçar e fazer umas compras. O dia está lindo — disse Felipe, me interrompendo e abrindo a janela. O barulho da rua entrou pelo quarto. Estávamos no décimo primeiro andar e a vista do Central Park era linda. O Hotel Plaza estava cheio de brasileiros. Descemos pelo elevador e encontramos um casal de paulistas que reclamava do calor da cidade. Fui até a recepção e perguntei sobre minha correspondência. O funcionário do hotel me entregou um envelope. Dentro estavam dois tickets para o *show* do David Bowie, em Montreal, no dia 13 de julho de 1983. Eu estava louco para assistir a *Serious Moonlight Tour*.

Saímos do Plaza e circulamos pelas ruas de Nova York por quase quarenta minutos, até entrar no restaurante Michael's, na Rua 55. Compramos *gadgets* e *t-shirts* nesse meio tempo e, quando chegamos ao restaurante, tínhamos algumas sacolas.

O tempo estava ótimo e eu vestia uma calça branca e uma camisa verde-escuro de mangas curtas. Felipe de camisa branca e calça azul-marinho de linho. Estávamos bem mas, quando entramos no restaurante, sentimos que o clima do almoço era formal. Foi um sopro de juventude quando chegamos. O *maître* nos deu uma ótima mesa. O restaurante estava cheio e os olhares se viraram para nós.

Só depois que sentamos e pedimos dois Bloody Marys foi que Felipe viu Garret. Ele veio até nossa mesa e foi muito discreto. Estava surpreso com a nossa presença e ficou animado. Sorria de orelha a orelha.

— Que bom que vocês vieram. Posso sugerir algo para comer? Já vi que vocês vão tomar Bloody Mary.

— É o mínimo que você pode fazer — eu disse.

— Vocês gostam de salmão?

— Sim, nós gostamos — disse Felipe.

– Gravlax de entrada. Que tal?
– Eu adoro.
– Ótimo. Salmão cru e bem temperado. Ponto pra você. E depois?
– Estou faminto – eu disse. Felipe ria.
Comemos dois hambúrgueres e pedimos uma garrafa de Chablis. Bebemos tudo e, quando estávamos quase pedindo a conta, Felipe pediu uma garrafa de Moët & Chandon. Garret veio até a nossa mesa.
– Qual é a comemoração?
– Decidimos que vamos a Montreal assistir ao *show* do David Bowie. Não é o máximo?
Garret serviu o *champagne* e brindamos.
– Que bom – disse Garret. Tenho um amigo que é muito amigo do Nile Rodgers. O guitarrista da banda e produtor. Ele é o cara.
– O que seu amigo faz? – perguntei.
– Ele é um faz-tudo. Era meu vizinho em New Jersey. Vocês vão ficar muito altos com esse *champagne*.
– Essa é a ideia – falou Felipe e riu alto.
– Espere aí, eu vou ligar para o meu amigo lá da cozinha.
Garret atravessou o salão em direção à cozinha.
– Eu vou pegar esse cara, falei.
– Você não quer nada com ele – disse Felipe. Ele é a sua cara, com esse bigode safado. Parece um grego que nasceu lá na Mooca.
– Sei. Meio grego, meio baiano – eu brinquei.
– Exatamente – disse Felipe, soltando uma das suas clássicas gargalhadas.
Virei a *flute*, saboreando com paixão o gosto do *champagne*.
– O que vamos fazer depois daqui?
– O que você mais gosta –, respondeu Felipe. Compras!
– Súper – ri alto.

Garret voltou depois de alguns minutos, sorrindo para nós. Ele nos deu um cartão com um número de telefone e um papelote com cinco comprimidos.

– Vou deixar uma pequena lembrança para vocês junto com o telefone do Andy. Liguem para ele quando chegarem a Montreal. Ele vai conseguir que vocês possam ir ao camarim.

– Oh meu Deus! Nem sei o que dizer. Nada tão do caralho – eu disse.

– Do caralho é esse presente que dei para vocês junto com o telefone. Vocês vão gostar.

– E hoje à noite? Aonde você vai? – perguntou Felipe.

– Terça é dia de curtir o Boy´s Bar. Encontro você lá à meia-noite. Na porta, ok?

– Claro – respondeu Felipe.

Rimos muito. Deliramos e ficamos loucos. Demos dois tiros de cocaína no banheiro e saímos do restaurante. Eu queria pegar um táxi e voltar para o hotel.

– Que mané ficar no hotel – disse Felipe. Ficar no quarto loucos desse jeito? Vamos bater pernas. Descer aqui pela sétima avenida até a gente não aguentar mais. Depois pegamos um táxi e voltamos.

Acabei concordando. Estava quente, mas soprava um vento mais fresco, vindo do rio, que nos pegava de frente, e fomos descendo como se o mundo estivesse aos nossos pés. Andamos bastante. Logo depois do Times Square vi uma loja onde havia uns *smokings* na vitrine, em promoção. Parei.

– Vamos entrar Felipe?

– Vamos – ele concordou rápido.

Felipe tinha entendido o que eu queria. Cada *smoking* custava 380 dólares. Gostei de um bem clássico e experimentei. Ficou ótimo. Felipe vestiu um que tinha um ar bem anos 70, com camisa de babados, quase Liberace. Também ficou bom. Ficamos parecendo uma dupla de protagonistas daqueles seriados tipo Dallas, Dinasty. Faltavam as bainhas. Perguntei se eles poderiam entregar no Plaza, em duas horas. O atendente de olhos puxados disse sim e compramos.

– Já saquei tudo – disse Felipe – nós vamos no jantar do "Homem do Ano". Acertei?
– Claro que acertou. A gente merece uma noite de *black tie*.
– Mas não temos convite.
– Isso não vai ser problema – rebati. Vamos dar um jeito.
– Meu Deus! Isso não vai dar certo – profetizou Felipe.
– Ah, vai, mas você não falou que eu tinha que fazer alguma coisa impactante? Taí...

Às oito e meia estávamos dentro do Waldorf Astoria, na porta do salão do jantar do "Homem do Ano". Os *smokings* ficaram prontos a tempo e os sapatos brilhando. As recepcionistas procuravam na lista os nossos nomes e eles não estavam lá, é claro. Eu pensei: ou falo algo convincente agora ou então volto para o hotel.

– Nós estamos na mesa do ministro brasileiro.

A frase saiu da minha boca de repente. A elegante senhora que comandava as recepcionistas olhou para mim de dentro dos seus óculos grandes, que tinham escrito Fendi nas hastes. Pensou um pouco e fez um gesto educado com a mão.

– Vocês podem esperar um minutinho?

Eu travei, fiquei tenso. Será que ela tinha ido avisar aos seguranças que havia dois penetras tentando entrar na festa? A senhora sumiu pelos corredores com seu vestido de crepe preto. Acendi um cigarro e me afastei daquela fila de pessoas bem-vestidas. E, quando estava apagando o meu cigarro, vi a mulher vindo na minha direção.

– Vocês vão ficar na mesa quarenta e sete, está bom para vocês?

– Eu não sei. Não vi a mesa quarenta e sete – respondi na lata com ar *blasé*.

Felipe deu um pivô na minha frente. A mulher mostrou um mapa das mesas. Olhei com atenção e vi que a mesa era muito bem localizada.

– Nessa mesa estão também o cônsul brasileiro em Nova York, com a mulher, e o casal Figueiredo. E também dois empresários americanos.

– Tá ótimo – eu disse. Eu te agradeço. E onde é a mesa do ministro? Quero passar lá para um alô.

A senhora arregalou ainda mais os olhos.

– É a mesa três. Fica bem em frente ao palco.

Entramos no salão que estava lotado de homens de *black tie*, todos muito mais velhos que eu e Felipe. Mulheres de longo e garçons com bebidas e canapés. As mesas arrumadas para o jantar com bonitos arranjos de flores. Seguimos direto para a mesa três e Felipe logo perguntou:

– Você vai passar lá? Não acredito.

– Sim, claro! Vou passar lá para um alô.

Ainda estavam todos em pé, próximos aos seus lugares. Fui indo em direção às mesas próximas do palco e percebi Aurélio vindo em minha direção. Parei.

– Oi Aurélio, tudo bem?

– Nossa, que trabalho você me deu agora. Por que você não me disse que queria vir?

– Onde está o Nelson? – perguntei, caprichando no meu ar *blasé*.

– Está ali na frente, falando com o secretário de Estado americano.

– Vamos lá – falei.

Aurélio pulou na minha frente.

– Você fica aí parado e eu trago ele aqui.

– Nada disso! Eu mesmo vou até lá.

Eu andei e Aurélio passou na minha frente. Caminhamos uns quinze passos, ele na frente, eu atrás e Felipe atrás de mim. O ministro estava de costas, conversando com alguém e notei que não era mais o secretário que estava com ele.

– Boa noite, senhor ministro.

Ele se virou e abriu um sorriso doce e amistoso.

– Soube que você estava aqui. Que bom! Seja bem-vindo.

Apertou minha mão, me puxou e me abraçou.

– Meus parabéns – eu disse.

– Mas eu não sou o homenageado, ele riu.

– Mas, por você estar aqui, sei que é a autoridade máxima do nosso país nesta noite.

Ele sorriu e fez um carinho no meu rosto.

Fomos para nossa mesa, o jantar começou a ser servido e eu quis ir embora logo depois do primeiro prato.

– Vamos para o bar, ninguém vai notar nossa falta aqui – eu disse.

No bar, quarenta minutos depois, eu tinha tomado três taças de *champagne*. O jantar não acabava nunca. Tinha até ouvido o discurso do ministro apresentando o homenageado.

– Você não quer tomar um desses? – perguntou Felipe me mostrando um comprimido.

– O que é isso?

– Não sei o que é. O Garret me deu antes de irmos embora.

– Me dá um. Você tem dois?

– Tenho cinco – ele respondeu.

– Então me dá dois.

– Você não vai dar um desses para o ministro!

Felipe deu uma gargalhada alta e emendou, num tom debochado.

– Vai que ele morre.

Então me dei conta de que ou eu ia embora agora e não voltava mais para o hotel, ou voltava para o hotel naquele momento.
– Vamos embora – eu disse.
Felipe parou de rir e disse:
– E se ele morrer mesmo? E começou a rir de novo.
– Felipe, você está muito louco.
Entrei no quarto eram quase dez horas e eu estava louco. Tomei um comprimido para me acalmar. Tirei a roupa e fiquei de cueca. Liguei o ar condicionado. Atirei-me na cama e fiquei vendo MTV, curtindo a onda. Desliguei a TV e coloquei um cassete no meu *walkman*. Eu estava ouvindo direto o cassete da Marina. Era quase uma da manhã quando o telefone do quarto tocou.
– Alô. Sei. Não tem ninguém aqui. Vou deixar. Obrigado.
Fui até a porta e abri. Deixei encostada e uns dez minutos se passaram. Quando eu tinha acabado de acender um cigarro, o ministro bateu e entrou.
O quarto estava com uma luz forte na entrada e depois só o abajur ao lado da cama. Ele tirou o casaco do *smoking*, os sapatos e a gravata. E se jogou na cama ao meu lado.
– Você tem algo aí para beber?
– Aqui no hotel tem tudo, é só você pedir.
– Quero só dar um gole em algo.
– Tem uísque. Que tal?
– Ótimo, me dá uma dose pura.
Eu tinha uma garrafa de Dewars, que Felipe tinha comprado e deixado no quarto na noite em que chegamos do Brasil e estava quase no fim.
– Você quer gelo?
– Não, puro mesmo.
Sentei ao lado dele na cama.
– Você está sem meias?

– Já tirei.
– Tira a calça.
– Não, tira você – disse o ministro...
Eu desabotoei os botões, levantei, fui até os seus pés, e segurei as pontas do tecido nos pés e puxei. Ele riu.
– Vai rasgar tudo.
Puxei de novo e as calças ficaram em minhas mãos.
– Você tem as pernas de um garoto, eu falei.
Ele levantou uma perna e bateu na coxa.
– Futebol de várzea e muita genética. Meu pai era alemão e tinha essa mesma perna. Pena que minhas irmãs também saíram com elas.
Ele riu. Coloquei as calças junto com o casaco e o ministro estava de cueca e camisa de *smoking* deitado na minha cama. Não exatamente na minha cama, na cama que ele pagava, o estado pagava. Alguém pagava. Ele deu um gole no uísque e falou num tom manhoso.
– Vem pra cá.
Eu me joguei entre as pernas dele. O ministro me virou e me beijou profundamente. Ficamos na cama por algumas horas. Transamos. Sempre era bom transar com ele. Depois, saciado, adormeceu pelado ao meu lado. Mais tarde ainda não tinha conseguido dormir e acendi um cigarro no quarto escuro. Eram quase quatro da manhã. Na penumbra, eu olhava o ministro nu, dormindo na minha cama. O telefone tocou. Atendi e a voz de Felipe estava animada.
– Pedro, vem aqui para o meu quarto. O Garret trouxe um amigo para você conhecer.
– Tô dormindo, cara.
– Não está nada. Tá aí fumando feito uma chaminé. Vem pra cá.
– Tchau, Felipe.

Desliguei. O ministro roncava. Às quatro e meia o telefone tocou de novo. Na quarta vez em que o telefone tocou, o ministro resmungou.
– Melhor você atender.
Eu atendi.
– Oi, está sim. Pode. É o Aurélio.
– Alô. Ah, sim. O que você falou?
O ministro sentou na cama com cara de sono. Bocejou.
– Tá bom. Eu vou atender no meu quarto em 15 minutos. Diz que estou bem, que tomei um remédio para dormir e apaguei. E que vou ligar em seguida. Me dá uns minutos antes.
– Problemas?
– Não, tudo bem. Vou para o meu quarto. Você viu minhas meias?
Virei para o meu lado da cama e peguei as meias que estavam ali no chão. Depois levantei e fui até o lado dele.
– Me dá seus pés aqui.
O ministro deitou na cama e eu vesti as meias nos pés dele. Depois puxei seus braços e o levantei da cama. Ele saltou e ficou de pé. Foi para o banheiro e eu o ouvi mijar forte. Voltou de camisa e calça.
– Bom, – disse ele colocando o sapato – vamos ficar um tempo sem nos ver. Tenho muitos compromissos. Mas o bom é que daqui a vinte dias vamos passar dois dias juntos na Suíça.
– Não sei onde vou estar daqui a vinte dias – eu disse.
– Mas eu sei.
– Preciso de dinheiro – falei quando ele já estava na porta.
– Quanto?
– Não sei. Tenho que pagar umas contas.
– Cinco mil tá bom?
– Tá, eu acho.

— Amanhã você pega com o Aurélio. Vê se dorme e fuma menos. Você é jovem demais para fumar assim.

Eram onze horas quando Felipe bateu na porta do meu quarto. Eu dormia. Acordei, abri a porta e Felipe entrou.

— Como fede a cigarro este quarto – ele disse.

Felipe acendeu a luz e eu me joguei na cama de novo. Ele abriu a janela e o sol entrou.

— Felipe pede café pra gente.
— Vamos tomar na rua, o dia está lindo.
— Tá bom. Vamos.
— Tenho uma surpresa para você.
— O que é?

Felipe me contou da surpresa, mas notei um tom de preocupação em sua voz.

— Nossas passagens já estão aqui. Vamos no voo das quatro para Montreal. Saindo do JFK, isso que é chato. United Airlines foi o melhor que consegui. Voltamos depois de amanhã.

— Você viu o Aurélio lá embaixo? – perguntei.
— Não vi não. Eu desci às nove.
— Essa hora ele já tomou café e já está na rua. Alguém tem que trabalhar. E essa é a função do Aurélio: trabalhar.

Corri e arrumei minha mala em meia hora. Fiquei preocupado em perder o Aurélio. Tomei banho e desci para a recepção. Fui ao *concierge* e perguntei se haviam deixado algo para mim. Ele chamou o chefe da recepção, que me entregou um envelope pardo fechado e eu entendi que não era para abrir ali. Voltei para meu quarto. Tinha seis mil dólares no envelope. Junto ao dinheiro havia um cartão em que estava escrito: "Enjoy life, Nelson".

Nunca imaginei que aquilo fosse um adeus. Depois desci até a recepção, e fui fazer o *check-out* e o recepcionista me falou.

– Senhor Pedro, bom dia. Por favor, vá até o caixa apenas assinar o recibo. O senhor Aurélio deixou pago todos os extras do seu apartamento e do apartamento do senhor Felipe. E também estão debitadas as diárias de um apartamento até domingo. Posso mantê-las?

Pensei rápido. Não estava esperando por tudo aquilo. O ministro foi supergeneroso.

– Sim, pode manter as diárias até domingo. Vamos ficar no meu quarto. Você pode me fazer duas reservas em algum voo para Roma, na segunda? E sexta agora nós acertamos tudo com você.

– Sim, claro. Vou providenciar seu voo para Roma.

Então era isso: hoje Montreal e segunda-feira Roma. Seria lá que eu e Felipe iríamos começar nossa viagem de dois meses pela Europa. Muito sol, curtição. Podemos ir até a Espanha pela costa do Mediterrâneo. O verão estava apenas começando e eu não ia voltar para o Brasil agora. De alguma praia eu ligaria para o ministro e marcaria de nos vermos em setembro. Agora só pensava onde iríamos almoçar antes desse voo. Pedi um cofre para o recepcionista e disse para ele mandar deixar as malas no meu quarto.

– Não vamos levar nada, já que o ministro nos deixou um apartamento pago até domingo. Nós compramos lá o que a gente precisar, falei para Felipe.

Comemos em um bar japonês no Soho e de lá fomos para o aeroporto. Acabei comprando uma bolsa Puma e usamos como *nécessaire*. Não tínhamos bagagem quando chegamos ao JFK. Só a *nécessaire*, e uma bolsa que Felipe comprou já nos últimos minutos em Nova York, de couro preto, parecendo uma bolsa de carteiro, e mais nada.

Pegamos o voo e em duas horas chegamos a Montreal. Fomos direto para o Hotel Chateau de Versailles, que o Garret tinha recomendado para o Felipe e ele acabou fazendo a reserva. Parecia uma casa. Achei o preço ótimo e ficamos em quartos separados. Fui para o meu, que era uma pequena suíte, caí na cama e apaguei. Acordei com alguém batendo na porta. Era Felipe com dois copos na mão.

– O que é isso?
– Vodca tônica.
– Que bom...

Dei dois goles grandes, saboreando o drinque. Naquele tempo eu gostava de vodca.

– Estou faminto.
– Você quer comer aqui no hotel?
– Vamos comer um sanduíche ou uma omelete, antes que você abra sua caixa preta e eu não consiga comer mais nada.

Pedimos hambúrgueres, batatas fritas, omeletes e sorvete de baunilha. Eu nunca soube fazer baseado. Felipe andava com os baseados prontos. Acho que fazia quando ia dormir. Ele não tinha maquininha de enrolar. Fazia em um papel de cigarro grande que comprava para fazer cigarro de tabaco. Ele tirava pronto do maço de cigarros que trazia no bolso. Sempre tinha baseados e também bolas, comprimidos e, às vezes, cocaína.

– O que você vai beber hoje? – perguntei.
– Vodca!

Ele abriu um saco e tirou uma Stolichnaya.

– Quer mais tônica? Vou pegar o gelo.

Tinha uma máquina de gelo no corredor e fui até lá, calçando minhas Havaianas.

Quando eu estava enchendo o balde de gelo, uma mulher saiu de um dos quartos com um roupão de seda comprido. Era uma loura linda, devia ter uns trinta e cinco anos. Parecia uma miragem.

– Você tem um cigarro?
– Tenho, claro.
Entrei no quarto e peguei um maço. Tirei um cigarro e ofereci à loura.
– Você quer mais de um? Meu maço está cheio.
– Não, obrigada. Estou esperando meu noivo. Ele foi buscar cigarro na rua, mas ainda não voltou.
– Você quer entrar e conversar um pouco?
Eu, na hora, me apaixonei por ela. O jeito dela, a atitude, a naturalidade da sua maneira de ser.
– Nós vamos ao *show* do Bowie mais tarde e você?
– Oh, não. Já vimos esse *show*. Fui com meu noivo no mês passado em Londres. Vocês vão adorar.
– Quem é essa deusa? – perguntou Felipe.
– Nossa vizinha de quarto. Como é mesmo o seu nome?
– Eugenie Blanchard. Gostei das suas sandálias. Que bonitas!
Ela apontou para meus pés, mostrando minhas sandálias Havaianas.
– São tipicamente brasileiras – respondi.
– Posso experimentar? – ela perguntou.
Eugenie colocou seus pés nas havaianas e eu não resisti e falei que ela tinha lindos pés. Ela riu, meio sem graça, e me pareceu ainda mais bonita. Eugenie entrou no quarto e ficamos conversando por quarenta minutos. Ela fumou um baseado e tomou uma vodca com a gente. De repente bateram na porta e Felipe foi abrir. Era um homem alto, devia ter um metro e noventa. Trinta e poucos anos. Acho que era o homem mais bonito que eu já tinha visto na minha vida, até então. Moreno, másculo, tipo esportivo e de olhos incrivelmente azuis. Ele perguntou por Eugenie.
– Estou aqui, *chérie*. Este é meu noivo. O nome dele é Andrew.

Fiquei estarrecido com o tal do Andrew. O cara era a simpatia em forma de gente. Estava de tênis e bermudas. Disse que ia correr uns dez quilômetros daqui a pouco e chamou Eugenie para ir junto. Os dois logo deixaram o quarto e ficamos em silêncio. Não me contive e dei uma gargalhada.

– Caralho! Que homem é esse?

Faltavam uns quarenta minutos para o *show* e ainda estávamos no quarto.

– Vamos, Felipe, daqui a pouco vamos ficar tão loucos que vamos perder o *show*.

– Vamos. Você está com frio? Aqui no quarto está mais frio que lá fora.

Vesti uma camisa de malha laranja, uma calça de brim bege e tênis branco. Felipe usava uma bermuda branca e uma camisa polo verde clara. Virei o copo de vodca.

– Vamos levar um refil no táxi...

Quando estávamos no corredor, vimos Andrew de roupão branco.

– E aí rapazes? Estão indo no Bowie?

– Sim, *showtime*.

– Estou indo à sauna e agora vou correr. Mas esperem apenas um minuto.

Andrew entrou em seu quarto e senti um pouco a bebida subir. Escorei-me na parede e bebi mais um gole do refil. Andrew voltou até a porta do quarto, pegou a bebida da mão do Felipe e deu um grande gole.

– Acho que vocês não vão precisar mais disso. Agora abram a boca.

E, como fosse uma hóstia, o belo Andrew colocou um papel pequeno na nossa língua.

– É um ácido? – perguntou Felipe, sem disfarçar a excitação em sua voz.

– É sim. Por coincidência o mesmo ácido que tomei quando fui ver o Bowie em Londres. Havia sobrado alguns. Agora vão e dancem muito.

Dentro do táxi, falei para Felipe, já meio sentindo o efeito da droga.

– E se ele quis nos matar e nos deu uma droga mortífera?

Felipe deu uma gargalhada.

– Pelo menos vamos morrer doidões...

Quando entrei no ginásio bateu uma onda forte. Mostrei os ingressos e foram nos levando através das pessoas até chegarmos a uns vinte metros do palco. Ali passamos por outra barreira e agora estávamos a cinco metros do palco. O palco era alto, mas dava para ver perfeitamente todo o cenário futurista. Passaram-se quinze minutos ou talvez mais. Não me lembro de quanto tempo passou ao certo. Só sei que, quando o *show* começou senti uma explosão dentro de mim. Meu coração bateu mais forte e as cores da iluminação pareciam ganhar vida. Telas de luzes coloridas nos cobriam. O som entrou no nosso corpo e nossa alma. A voz de David Bowie ecoava em minha mente.

"*Let´s dance, put on your red shoes and dance the blues. Let´s dance, to the song they´re playin´on the radio...*"

Por duas vezes senti que estava já em outro lugar. Não posso desmaiar. E a música me trazia de volta à cena. Incrível aquela fantástica mistura de sensações. Em um momento tomei alguma coisa que nem lembro o que era. Coke, Budwiser, Martini, não sei, acho que foi tudo. Nesse ritmo o *show* correu por duas horas e meia e, quando acabou, sentamos em algum lugar no chão. Eu me senti voando dentro de uma nave espacial em que o capitão David Bowie tinha nos deixado à deriva, no espaço sideral. Levantamos e depois falamos com algumas pessoas da produção com seus *walkie talkies* e fomos seguindo dois deles até chegarmos a uma entrada que dava acesso ao *backstage*. A gente só precisava falar "*Tyson send us here*", foi isso que o amigo de Garret, o Andy, mandou a gente dizer para as pessoas da produção. Era uma espécie de *passcode* e as portas se abriam para nós. Acabamos entrando em uma grande área coberta localizada fora do ginásio. Por ali um movimento de técnicos de som, carregadores, músicos e toda aquela gente que atua nos bastidores de um grande espetáculo. Atrás de uma grande cortina preta, tivemos acesso, através do *passcode*, a uma *big* festa que tinha cem pessoas. Estações de bebidas, duas ou três mulheres com *champagne* passando em bandejas e um candelabro grande de cristal com velas vermelhas acesas. Estava um pouco escuro e eu quase não conseguia ver muita coisa. Incenso, fumo, perfumes e muitas pessoas bonitas. Vários seguranças de camisetas e outros de terno. Quando virei, Felipe conversava com duas mulheres de branco. Elas eram tipo *Texas girls* e uma delas era casada com um homem que cheirava a dinheiro. Um tipo de terno branco e muitos cordões de ouro. Incontestável. Uma moça veio em minha direção, alguns minutos depois, e falou comigo em francês, me chamou de Hubert. Fingi que era o amigo dela e fomos até o banheiro conversando em um francês arrastado. Ali dei uma cafungada no vidrinho de cocaína que ela trazia consigo e comecei a falar em português. Ela riu de tudo aquilo e me convidou para tomar um vinho.

Um clima diferente. Mesmo sendo verão, muita gente estava de calça comprida e tinha até uns casacos leves. Mas a pessoa que mais me impressionou foi uma mulher dos seus trinta anos, com um vestido de couro de vaca que ia até a altura do joelho. Vestido preto e branco, sem mangas e um sapato também igual. Cabelos bem curtos e um olhar de quem não estava nem aí para nada. Minha camisa laranja não era a única a flanar pela sala.

Felipe chegou para perto e com ele dois caras de *jeans*, camisa de flanela e cabelos compridos; uma das camisas era xadrez cinza com laranja.

– Pedrinho, este é o Tyson, amigo do Garret. E este é o produtor do concerto, Andy.

– Oi tudo bem?

– Tudo bem. Que *show* maravilhoso vocês assistiram – Tyson disse.

– Para mim ainda não acabou. Ainda estou totalmente ouvindo a música até agora e acho que vou ouvir por muito tempo.

– Você é daqui Andy – perguntou Felipe.

– Não. Eu sou de Toronto. Cuido do *tour* aqui no Canadá.

– Que máximo!

Nós conversávamos com eles, mas eu não conseguia tirar os olhos da mulher do vestido de couro de vaca.

– Ela é linda, não é mesmo – falou Andy, percebendo meu interesse. Ela é a minha mulher.

– Muito linda. Cheia de personalidade.

– Bonnie, vem aqui conhecer os brasileiros amigos do Tyson.

Tyson, amigo de Garret, usava um chapéu e um cordão grosso de ouro com um medalhão de um dragão chinês. Uma figura bizarra. Bonnie deixou as pessoas com quem conversava e veio até nós, segurando uma taça de *champagne* numa das mãos e na outra um cigarro.

– Oi rapazes! Qual de vocês é o Felipe?

– Sou eu – respondeu Felipe.

– Amanhã estamos reunindo um grupo para jantar lá em casa e você é nosso convidado de honra. E, é claro, seu amigo também é convidado. Poucas pessoas. Vocês vão adorar nossa casa. Andy, você já os levou para conhecer o David?

– Vou levar, amor.

Eu levantei o rosto e pela primeira vez olhei realmente para Andy. Até então eu só tinha visto os *jeans* e algo no rosto. Ele tinha um *goatee*, parecia mais um caçador com uma camisa xadrez e era mais alto que eu. Branco, quase ruivo e com cabelos grandes.

– Espera aí – disse Bonnie – vocês estão muito altos.

Ela tirou do bolso do casaco um comprimido e me mandou abrir a boca.

– O que é isso?

– É um *lude*. Vai acalmar vocês.

E, quando ela botou o comprimido na minha boca, vi o anel que usava. Uma esmeralda quadrada, enorme. Engoli o comprimido com um gole de vodca e Felipe fez o mesmo. E então seguimos o Andy. Entramos em outra tenda, que tinha umas vinte e cinco pessoas. Ali o som era mais baixo e percebi que era Muddy Waters ao fundo. Meu corpo começou a esquentar. Tinha umas cadeiras de barbeiros. E lá longe eu vi o cabelo louro de David. Senti um tremor. – Eu não acredito" – disse baixinho para mim mesmo. Demos alguns passos e um cara com uns biscoitos doces de arroz atravessou nosso caminho.

– Preciso de um cigarro.

– Toma aqui – disse Andy.

Acendi o cigarro e dei um trago. Felipe chegou perto de mim.

– Você tá legal?

– Estou. Só precisava de um cigarro para dar uma tragada.

Fiquei sem palavras e com a boca seca. Na minha cabeça tocava um sino. Felipe viu o Nile Rodgers e ficou todo animado.

– Olha só, o Nile Rodgers! Vamos lá falar com ele, Andy. Nós queremos agradecer os ingressos e tudo o mais.

"*I could escape this feeling, with my China girl*".

O som estava impregnado dentro de mim e ecoava na minha cabeça, misturando com o *blues* de Muddy. Nile estava conversando com um grupo, Andy entrou no meio e ele olhou para nós e soltou uma gargalhada. Falou alto, cheio de entusiasmo, em nossa direção.

– David aqueles dois garotos estão aqui. *Cool* – disse ele, e eu quase me borrei.

– Nile nós somos amigos do Garret, muito obrigado *man*, você foi genial no palco. Obrigado por ter conseguido nossas entradas. E agora isso, nos recebendo no *backstage*.

– Qual dos dois é o Felipe?

– Sou eu.

– E aí, gostaram do *show*? David e eu fizemos uma aposta durante o *show*. Achamos que um de vocês ia cair e desmaiar.

– A gente estava tão loucos assim? – perguntou Felipe. Pensando bem, acho que ainda estou. O *show* foi demais. O melhor de nossas vidas.

Dei um passo para trás e achei que ia cair. Senti que algo me segurou. Voltei à cena e Nile abraçou o Felipe e ele cantava e eu comecei a rir. O ácido bateu de novo. Eu pensei que sentia uma mão na minha bunda que me empurrava para frente. Mas era a mão de Andy, que me segurava pela alça com os dedos, e a palma da mão tocava minha bunda. Demos uns passos e, quando senti que ia desmaiar de novo, virei os olhos para o lado e David Bowie estava na minha frente, com uma camisa justa de *plush* vinho aberta, mostrando a pela branca, com os cabelos ainda mais louros. Ele me deu a mão e eu o abracei. Senti um puxão na minha calça e voltei. Só me lembro da voz de Andy, falando no meu ouvido: "*Well you know I´m your hoochie coochie man*".

Senti meu corpo estremecer de novo e foi como se um trovão estivesse explodido sobre a minha cabeça. Senti que estava longe e vi David dançando na minha frente e ele ria alto e sua gargalhada ecoou dentro de mim. Eu me virei e andei um pouco. Parei e ouvi o *blues* tocando ao longe. Passei minha mão no cabelo e a realidade tocou fundo. Andy estava conversando com um cara e olhava para mim a uns dez metros. Mesmo de longe, via os olhos dele: verdes. Fui até um bar que tinha na minha esquerda e pedi um *shot* de Jack Daniels e uma cerveja. Virei o *shot* e dei um gole na cerveja, que estava bem gelada. Desceu bem e me senti bem de novo. Andy veio na minha direção.

– Vamos fumar um baseado lá fora.

Passamos um pano da tenda e depois mais um, e logo estávamos numa área fechada do estacionamento do ginásio. Ali tinha uns carros, uns caminhões e um *trailer*. Ele tirou do maço um baseado.

– Só tem baseado aí?

– Não, tem cigarro comum. Você prefere?

– O que você for fumar.

– Vocês estão longe de casa?

Eu não queria conversar, dei um suspiro e vi uns caras se aproximando e trazendo *cases* para fora do ginásio. Tinha umas trinta pessoas que eu nem tinha me dado conta. Andy me chamou para ir lá fora e andamos uns trinta metros até chegarmos perto de um caminhão grande, que devia ser o caminhão do cenário. Andy perguntou se eu queria mais baseado e ele queimou um pouco. Eu não senti quando ele tirou o cigarro dos meus dedos e colocou meu dedo nos seus lábios. Então ele me puxou para perto dele e me beijou tão profundamente e me abraçou por quase um minuto. Depois me olhou nos olhos e sussurrou:

– Você é muito bonito e especial.

Andy me abraçou forte. Senti os braços dele ao meu redor. Minha cabeça rodou um pouco. Uma vertigem foi o que eu senti. A música longe e dentro de mim ecoando.

"I hear her heart's beating, loud as thunder, saw these stars crashing down".

Voltamos conversando e, quando entrei na tenda de novo, ela estava mais vazia. Felipe estava numa poltrona com a cara mais louca que eu já tinha visto até então. Andy olhou para ele, sorriu meio de lado e falou comigo.

– Por que você não vai para o seu hotel agora? Eu o levo mais tarde.

– Mas ele vai ficar bem?

Felipe balançou a cabeça e sua expressão de quem estava doidão ficou clara.

– Felipe, você sabe chegar ao hotel?

Ele me olhou, como se eu tivesse dito a coisa mais absurda do mundo. Não vi mais o David Bowie por ali, nem sua trupe. Tinha uns músicos e a mulher do vestido de couro de vaca veio na nossa direção com duas amigas.

– Onde você estava Andy? O David foi embora, mas ele queria falar com você.

– Eu falo com ele depois.

Andy chamou alguém pelo walkie *talkie*. Acho que ele tentava falar com alguém chamado Mark qualquer coisa.

– Então vocês são do Brasil? – perguntou a loura Bonnie.

– Eu sou de São Paulo.

O tal de Mark apareceu e me levou para o hotel num Volvo último tipo. Tirei minhas roupas no quarto, liguei o ventilador, abri as janelas e fiquei ali fritando. Esperando a onda baixar. O dia começou a aparecer. Fui até a janela, fiquei olhando um pouco o visual, ouvindo pássaros e senti um pouco de sono. Voltei para a cama e fiz um *blackout*; fechei tudo, aumentei o ventilador e fiquei deitado, virando de um lado para o outro até adormecer.

Acordei com o ventilador ligado a mil. Parecia um turbo-hélice. Olhei meu relógio Patek Philippe Nautilus de aço, que ganhei do meu tio, e eram quatro e vinte. Estava apenas de *boxer*. Apaguei de novo. Quando acordei novamente, eram cinco e quinze. Abri a janela e o céu estava com um tom rosa profundo e quase dourado. Fui para a piscina e mergulhei sem pensar. Nadei e saí da água que estava fria, me cobri com uma toalha, que tirei de um monte de toalhas que estavam em uma espreguiçadeira, e me deitei um pouco. Quase dormi novamente e uma garota loura apareceu. Ela perguntou se eu queria alguma coisa. Pedi uma coca, um *club sandwich* e batatas fritas. Não tinha muita fome, mas tinha sede. Senti uma felicidade inexplicável com a coca gelada preenchendo meu corpo. O *show*: que loucura, como foi maravilhoso. E o David Bowie! Eu o tinha abraçado. Foi tudo incrível. Por instantes senti novamente aquela energia. Corri, dei uma cambalhota e caí dentro da piscina. Fiquei na água por uns quinze minutos, curtindo as lembranças do *show*: as músicas, a *performance* do Bowie, os acordes do baixo, os vocais incríveis. Era quase como se estivesse assistindo a tudo novamente.

"*Ground control to Major Tom. Take your protein pills and put your helmet on*".

Meu Deus! O que foi aquilo? Ouvir Bowie cantando essa música ao vivo. Meu corpo ficou todo arrepiado novamente. *My little China girl*. Lagrimas rolaram. Antes que eu pensasse em mais alguma coisa, a loura voltou com a comida e agora eu estava faminto. Comi vorazmente e apaguei. "Hey Peter". Ouvi alguém me chamando bem de perto. Andrew estava em pé, em cima de mim. Gotas de água caíam e eu vi seus dentes brancos. Ele estava rindo. Acordei confuso. O céu ainda estava claro, mas agora era um amarelo esmaecido sem brilho. Um pastel de cera borrado no céu. Só um clarão e não havia mais sol. Eu ri de volta. E aí, *bro*?

Percebi um sotaque forte e não tinha ideia de onde ele era. Só olhava e pensava: que homem incrível! Foi tão louco, tão maravilhoso e acho que ainda não estou realmente acordado. Ele soltou uma risada forte e me chamou para dar um mergulho para que eu pudesse acordar. Mergulhei na piscina, nadei para o outro lado e, quando cheguei à borda, ele já estava lá.

– Estou tão feliz, não sei, me sinto completo como nunca antes. Talvez ontem tenha sido um dos dias mais felizes da minha vida.

Joguei água em cima dele. Ele deu um mergulho e, quando dei por mim, ele tinha enfiado a cabeça entre as minhas pernas, me levantado no alto e me jogado para trás. Caí como se fosse uma pedra. Ele me atirou numa rapidez e com uma força incrível. Eu me senti voar. Ficamos por mais algum tempo na água. Fiquei ouvindo-o falar sobre ele mesmo. Ele nasceu no país de Gales, em Cardiff, me contou sua história, tinha sido da marinha britânica; e falou também sobre David Bowie, Eugenie e a conversa foi me deixando excitado e eu não sabia se ia embora ou se agarrava ele ali mesmo. Por fim lembrei de Felipe e saí da piscina. Mas antes Andrew nos convidou para velejar com ele e Eugenie, dali a quinze dias, no mar Mediterrâneo.

Cheguei ao quarto e Felipe ainda estava dormindo. Estava escurecendo e liguei para a recepção. Nenhum recado. Deveria ser uma hora ou duas a mais no Brasil. Liguei para o hotel Plaza, em Nova York, conversei com o gerente e cancelei as passagens para Roma. Pedi uma reserva de um quarto na segunda. Eu tinha que ficar mais uma noite em Montreal. Andy ou Andrew? Sentia meu coração bater. Alguma coisa ia acontecer.

– Ouvi tudinho. Como você é estratégico. Isso me assusta às vezes – disse Felipe, com voz de quem ainda está meio dormindo, meio acordado.

Dei uma risada e pulei na cama de Felipe.
- Nós vamos ficar aqui até segunda.
- É mesmo? Já sei porquê. Amanhã à noite nós vamos comer *pizza* na casa do Andy, convidadíssimos da Bonnie. Não é mesmo?
- E vamos levar o Andrew e a Eugenie conosco.
- Vamos mesmo?
- Claro, né?
- Mas eles não vão embora hoje?
- Não. Vão apenas na quarta. Ela tem que resolver pendências do divórcio dela.
- É ela ou ele? – Felipe perguntou.
- Ela foi casada com um milionário canadense, eu já soube de tudo. Aço e trigo. Ela tem um filho com ele, que está em Londres com a mãe dela, que é uma *lady*. Uma confusão, depois ela te conta. Mas eles fazem questão de que a gente passe dez dias navegando pelo Mediterrâneo com eles. E nós vamos, é claro.
- Dez dias dentro de um barco? Não sei se aguento!
- Claro que aguenta!
- Posso te dizer uma coisa, Pedro? Acho que nunca enlouqueci tanto como ontem à noite. Só consigo sair dessa cama amanhã – disse Felipe, abraçando o travesseiro.

Acordei, o quarto estava fresco. Olhei meu relógio, eram oito e quarenta. Botei um *short*, tênis e corri uns oito quilômetros. Montreal é uma cidade muito interessante. Tem uma forte ligação com a natureza e nessa corrida ficou claro que naquela época do ano a cidade tinha vida, respirava. Corri em quarenta e quatro minutos cravados. Quando entrei no quarto, estava todo suado. Encontrei com Felipe no café.
- Por que você não me chamou para a corrida? Eu ia mais devagar, mas eu ia.

– Não quis te acordar. Você roncava como o motor de um carro de Fórmula 1.
Andrew e Eugenie desceram e fomos, todos juntos, ao Museu de Belas Artes. Depois ficamos andando pelo Mount Royal Park e finalmente fomos almoçar, lá pelas duas horas, em um restaurante vietnamita que Eugenie conhecia. Comida maravilhosa.
No museu, enquanto estávamos olhando uma tela do pintor Alex Colville, eu e Andrew ficamos em silêncio. De repente, Andrew falou num tom baixo e firme:
– Você ainda tem muito que viver. Não faça burrice. Nunca compre drogas.
Eu olhei, ri de leve e ele me encarou num tom sério, quase paternal.
– Não ria. Não deboche. Você tem tudo agora. Não vá jogar fora sua chance.
Fiquei mudo, sem saber o que dizer. Ele percebeu que fiquei incomodado com a situação.
– Dê-me um abraço – ele disse.
No restaurante, o assunto da viagem pelo mar Mediterrâneo voltou à tona.
– Vocês vão vir no nosso barco ou não? Precisamos confirmar isso, falou Eugenie.
– Nós vamos dia 20 para Roma, onde vocês vão estar? Falei num tom firme e bem decidido. Felipe me olhou com aquele olhar de quem ouviu uma insanidade.
– Peraí... Deixa eu pensar. Daqui a cinco dias vamos pegar o barco em Gênova. É o dia em que pegamos o Lorenzo e o Carlo em Livorno. Por que vocês não nos encontram lá?
– Podemos no dia 21. O que você acha?

– Perfeito. O barco tem um telefone que passa um rádio imediatamente para nós em alto mar, ou mesmo em terra. Ligue quando chegar, que faremos contato.

– *All set* – eu falei.

– Vamos para Córsega, depois Sardenha e depois Sicília. Até acabar o verão.

– Vocês podem ficar conosco o quanto quiserem, falou Eugenie. Só temos um quarto para vocês. Tudo bem?

– Sem problemas, imagina.

Eu e Felipe já tínhamos ficado no mesmo quarto em temporadas curtas em Búzios ou Angra. Mas, na verdade, nunca tínhamos ficado tanto tempo juntos assim. Mas tudo bem. Felipe era uma pessoa muito divertida e nunca tinha mau humor.

– Quando vocês quiserem ir embora, não tem problema. É só avisar. Não fiquem tímidos. Mas garanto que vocês vão curtir muito.

Voltamos todos para o hotel. Eu caí na cama e apaguei. Lá pelas sete e meia Felipe bateu no quarto e eu acordei muito feliz. O "Projeto Itália" estava encaminhado. Levantei da cama e me vesti com uma camiseta roxa do museu e uma calça branca que comprei na feira de roupas no parque. Felipe estava de colete preto, sem nada por baixo e um *jeans*.

– Tem algo acontecendo por aqui. Você já sem camisa. Tá calor, não está?

Batemos no quarto do casal. Eugenie estava linda de macaquinho branco e Andrew usava uma camiseta de *hockey* do Canadá.

– Vamos tomar um *champagne*? – propôs Eugenie, e Andrew abriu o frigobar. Então percebi que o quarto deles tinha um balcão que dava para a piscina. Fui até o balcão e o calor veio como um bafo úmido. Voltei para o quarto e Felipe tinha acendido um dos seus baseados.

A casa de Andy era fora do perímetro urbano, perto da Hungry Bay. Demoramos uma meia hora do hotel até chegar lá. Andrew tinha alugado um carro e fomos ouvindo *rocks* clássicos em uma estação local. *All my love*, com os Beatles. *Travellin' Band*, com Creedence Clearwater Revival. *Out of time*, com os Stones. Uma delícia. Já deu para ver que nós íamos funcionar muito bem dentro do barco.

– Como é o nome do barco de vocês? – perguntei.

– O barco é do Andrew. Ele cuida de tudo e eu só vou como convidada – falou Eugenie.

– Fiametta. Este é o nome do nosso barco – falou Andrew. Nós já compramos com este nome.

Andrew tinha um mapa da cidade e chegou lá sem problemas. Ele deve ser assim, uma bússola humana, no mar, na terra, em qualquer lugar – pensei.

Chegamos e a música já rolava dentro da casa, dava para ouvir lá de fora. No jardim da entrada, que era bem grande, tinha um enorme totem canadense de madeira, tipo uma águia. E bem depois uma escada larga em madeira que levava à entrada da casa. A casa era de madeira e pedra, uma sala enorme. Devia ter umas quarenta pessoas por ali. Garçons de branco e avental marrom serviam bebida e canapés. E um bar grande onde cada um podia se servir de drinques e comidinhas. Bonnie nos viu chegar e veio direto em nossa direção.

– Queridos! Que bom que vocês vieram.

Felipe tomou a dianteira e apresentou Eugenie e Andrew. E logo Bonnie abriu um largo sorriso e se dirigiu para Eugenie.

– Eu conheço você. Claro que sim. Você foi casada com o Bainville e nós almoçamos juntas em Paris, ano passado, com a Sylvie Lafort, minha amiga de colégio.

As duas trocaram um abraço e juntas, sorridentes, começaram a conversar em algum lugar no salão com Felipe. Eu e Andrew fomos até a varanda, que era um enorme terraço que dava para uma piscina ao lado e para um lindo bosque em frente. Churrasqueira, fornos de *pizzas* e Talking Heads tocando ao fundo. Só gente linda. De longe vi a roupa de Bonnie: calça larga, *top* mostarda de algodão e barriga de fora. Ela estava ainda conversando com Eugenie e mais umas pessoas. Felipe viu o amigo de Garret e os dois se abraçaram. Tyson estava usando outro chapéu de vaqueiro, só que esse era branco.

– O que você vai beber? – perguntou Andrew.

Estava calor, mas eu não queria cerveja. Fomos até o bar, onde um garçom de sotaque espanhol nos serviu. Andrew pediu um gim com Ginger Ale. Perguntei se tinha *champagne* e ele tirou do gelo um Pol Roger, colocou numa *flute* e eu e Andrew brindamos.

– À Fiametta – falei.

– Bravo! – disse Andrew.

Duas mulheres ficaram rodando atrás de nós, tentando entrar na nossa conversa, até que Andrew deu um toque para irmos à outra sala, onde Felipe estava. Na hora vi que ele já tinha dado um teco. Como Felipe era rápido!

– Você encontrou o Andy? – Felipe perguntou.

– Não, eu ainda não o vi.

– Acabei de encontrar e ele me perguntou por você. O que houve? Você não me contou nada. Fez sandice, né?

– Não houve nada, eu acho.

Felipe bebia vodca e me perguntou se eu queria um teco.

– Esse pó tá incrível. Acabei de ganhar do Tyson.

– Mas você não tinha no hotel?

– Tinha sim, mas eu nem trouxe. Sabia que ia ter por aqui.

– Quero dar um teco, mas onde vou cheirar isso?

— Ai, Pedro! O que não falta nesta casa é banheiro.

Tinha fila nos dois banheiros que encontrei pela casa. Entrei em um corredor e vi que dava para a parte dos quartos da casa. Ouvi vozes. Uns homens conversando numa sala. Entrei na sala, que parecia um salão de bilhar, e vi Andy se preparando para dar uma tacada. Parei para ver a jogada e ele lançou a bola preta na caçapa. "Oi, Pedro" – ele falou meu nome em português.

— Tudo bem com você, cara?

Andy veio na minha direção, apertou minha mão e me abraçou.

— Tudo ótimo. Sua casa é demais. Incrível mesmo.

— Você gostou? Venha sempre aqui.

— Obrigado.

— Vem conhecer a pessoa mais importante da minha vida.

Ele andou em direção ao fim da sala.

— Emily, este é meu amigo Pedro. Ele é brasileiro. Samba! Esta é minha filha Emily.

Sorri e falei com a menina, que estava numa cadeira de rodas. Logo percebi que ela tinha paralisia cerebral. A garotinha riu, se contorceu, e me estendeu a mão meio torta. Num impulso, não sei o que me deu, beijei a mão dela. Ela riu mais alto.

— *Hey!* Ela gostou de você, Pedro. Hein, Emily. Lembra do disco do carnaval que te mostrei?

Ela não parava de rir e nesse momento senti enorme ternura por Andy.

— O que você está bebendo, Pedro?

Mostrei minha *fluteI*, que estava vazia. Andy foi atrás de um bar e abriu uma garrafa de Pol Roger que estava dentro de um *freezer*. Perguntei o que ele estava bebendo.

— Eu gosto de uísque, mas hoje vou pegar leve. Ontem fiquei com muita ressaca.

Alguém falou na mesa de sinuca.
– Sua vez, Andy...
– Podem jogar, rapazes. Eu vou dar uma atenção para meu amigo brasileiro.

Ficamos conversando sobre o *show*, sobre Montreal e sobre nosso dia, os lugares que tinha visitado; e de repente senti que meu nervosismo tinha passado com uns cinco minutos de conversa.

– Eu estava procurando um banheiro para dar um teco que o Felipe me deu, disse que era um produto local, que eu devia experimentar.

– Fique à vontade. Use o meu banheiro aqui.

Ele me mostrou uma porta ao lado do bar. Entrei no banheiro e respirei fundo. Sentia meu coração bater e eu não tinha nem cheirado ainda. Escutei a enfermeira que estava ao lado de Emily dizer que elas iam se deitar. Andy foi carinhoso com a menina.

– É mesmo, já está na hora de vocês irem para a cama. Já são nove e meia. Depois vou até o quarto te dar um beijo de boa-noite.

Eu fiquei gelado. Pensei: ainda tem os amigos dele, não vamos ficar sozinhos. Não demorou um minuto, ele bateu na porta do banheiro.

– Tá tudo bem aí?
– Tá sim.

Abri a porta e ele me perguntou se também poderia dar um teco.

– Claro – eu disse e dei o saco plástico para ele, que deixou a porta aberta. Andy sacudiu o saco de pó.

– Deve ter uns três gramas aqui. Vocês vão cheirar isso tudo?
– Não sei. Acho que sim...

Ele pegou um espelho dentro de uma gaveta, tirou um canudo de prata do bolso da calça e pegou um cartão American Express.

Pegou um pouco da cocaína e colocou no espelho. Naquele momento dois caras que estavam na sala entraram no banheiro e Andy me perguntou se podia bater fileiras para eles também. Disse que sim. Nesse momento,[o cara mais baixo, que parecia um porquinho bonitinho, tirou um saco de pó do bolso da calça.
– Vamos misturar essa farinha.
– Mas será que não é da mesma? – perguntou Andy.
– Não. Esta não é a mesma do Tyson. Esta daqui eu trouxe de Los Alamos. Da Califórnia...
Os dois homens tinham quase trinta anos e ficaram falando com um sotaque engraçado. Quando olhei de volta para o espelho vi que tinha muita cocaína. Oito linhas grandes. Enormes. Tive a intuição de que a noite ia ser longa e agora estava apenas começando. Cheiramos e ficamos dentro do banheiro por uns quinze minutos. Os dois trabalhavam com cinema, tinham chegado de Cannes e comprado vários títulos do cinema iraniano e também do chinês. Acreditavam que iam faturar alto, distribuindo os filmes no mercado independente canadense. A porta aberta do banheiro me incomodou. Resolvi sair e Andy me segurou. Os caras saíram. Andy encostou a porta e me falou num tom dengoso.
– Vem cá...
– Eu tô aqui...
Andy foi se chegando e eu falei que podia chegar alguém. Ele me puxou pela mão, me encostou junto a pia e me beijou de novo. Aquele seu jeito profundo de beijar. Meteu a mão na minha bunda e falou dentro do meu ouvindo.
– Quero foder você.
Senti como se houvesse um trem em alta velocidade entrando por dentro de mim. E que não ia ter volta. Mas o medo de sermos pegos falou mais alto e eu conseguir sair.
– Cara, aqui não. Não vou ser motivo de um escândalo.

– Você tá maluco? Aqui é minha casa. Ninguém vai entrar aqui.
Eu saí do banheiro e logo me arrependi. A sala estava vazia e fiquei parado como uma estátua. O coração batendo sem parar. Senti que a porta do banheiro tinha fechado. Acendi um cigarro e sentei numa poltrona. Fiquei ali sentado. Inerte. Não suei, mas senti calor. Levantei para pegar um *champagne* no bar. Enchi a *flute* e dei um gole grande. Estava muito gelada. Dei outro gole e acabou. Enchi de novo e a porta do banheiro se abriu. Andy apareceu. Ele estava iluminado. Pela primeira vez eu realmente o enxerguei. Ele era mais magro do que pensei, tinha as pernas longas e finas e ombros largos; por isso, quando ele me abraçava, eu sentia que estava sendo tomado. Os cabelos longos tinham um tom castanho escuro quase ruivo. E existia um balanço naturalmente inquieto no seu corpo.

– Você me serve um uísque? Sua voz soou sexy.

– Claro – falei. Com gelo?

Seu cabelo tem cor de uísque um pouco vermelho e castanho. Ele me olhou e disse:

– Uma pedra está bom.

Coloquei duas pedras e entreguei o copo. Ele tomou um gole e tirou uma pedra, só uma.

– Vamos lá pra sala. Ali tem mais gente e você vai se sentir melhor –falou.

Saí na frente e ele apalpou minha bunda de um jeito que eu não saberia explicar. A sala estava cheia e a varanda também. Até já tinha gente dançando. Andy parou para falar com alguém e eu segui em frente. As pessoas me olhavam, não sei. Acho que era o pó que me deixava com essa impressão. Pretenders tocavam uma música que eu gostava. Vi Eugenie com um monte de pessoas. Ela deu um grito quando me viu.

– Onde você estava?
Vi que ela também já estava louca. Começamos a dançar quando tocou *Rock the casbah*. A música dominando nossos sentidos. Andy não dançou, saiu andando para a varanda. Depois de uns quarenta minutos de dança fomos atrás de mais bebidas. Andamos até a varanda, onde encontramos Andrew que estava com uns caras e umas mulheres. Fomos até a churrasqueira. Eu não tinha fome nenhuma, mas ela pediu dois hambúrgueres.
– Que molho você vai querer, Pedro?
Sugeri *relish* e cebola. Dei uma mordida e realmente era especial. Vi Felipe vindo em minha direção.
– Tudo certo. Vamos amanhã, né?
– Vamos sim. Às três. Ok?
– Tá certo! Você ainda tem aquele saco que dei?
– Tenho sim, você quer?
– Não. Você leva amanhã para Nova York.
– Levo.
– Então leva este aqui também.
Dito isso, Felipe colocou um saco de pó na minha mão. Um saco cheio. Um pacotão. Botei no bolso e olhei fixamente para os olhos dele.
– Eu não vou levar isso para a Itália – falei.
– Esquece isso. Eu vou levar para o Garret de presente.
– Você comprou isso. Pagou quanto? Tem muita cocaína aqui.
– Eu ganhei. Não comprei.
– Vocês estão discutindo em português, rapazes.
– Não estamos discutindo – falei em inglês para Andrew.
– Vamos dançar – disse Eugenie, no exato momento em que começou a tocar *Boogie Wonderland*, com o Earth Wind and Fire.
– Vamos – disse Felipe, saindo para dançar na sala que agora tinha luzes de disco.

Quando olhei o relógio de novo, era uma e meia da manhã. Eu já tinha bebido demais e estava ligado no pacote que Felipe tinha me dado. Fui ao banheiro sozinho e encontrei o banheiro perto da sala vazio. Tirei o pacote plástico e sacudi. Cheio de cocaína. Coloquei o saco na palma da mão senti o peso. Pensei que tinha pelo menos uns duzentos gramas. Sentei no vaso e fiquei olhando o saco.

– Foda-se! Vou levar esta porra comigo – pensei.

Voltei para a pista e Felipe estava conversando com uns caras.

– Felipe – falei em português – quero ir para o hotel.

Felipe me olhou, com ar de desafio.

– A gente já vai! Você pode ficar dando em cima de um dos seus pretendentes, que eu já vou.

Olhei para pista e vi Andy lá fora no terraço, conversando com uns amigos.

– Tá bom. Eu vou dar uma circulada. Mas, quando voltar, vou querer ir embora.

– Tá bom, *man*. Quando você voltar, nós vamos.

Passei pela pista. Ainda dancei uma música com Eugenie e Bonnie, que agora estavam íntimas. *Physical*, com Olívia Newton John. Depois fui até o terraço, onde Andy conversava com um grupo e ria muito. Ele me viu e me chamou com um "come on, bro", e começou a falar em francês. E foi me apresentando a todos como um garoto sul-americano de férias, que adora David Bowie. E terminou dizendo que não sabia bem o que eu queria: se era fazer sexo com David ou com ele. Ele passou os braços pelo meu ombro, ainda rindo, e me perguntou, ainda em francês, se eu já tinha me decidido. Respondi também em francês.

– *J'ai pris ma décision. Je te préfère* .

– *Oh là là* – disse ele.

Então fomos dar uma volta. Andy foi à frente, abrindo um caminho que foi descendo até chegar perto da piscina. Ali ele parou, acendeu um cigarro e perguntou se eu queria um. Respondi que sim e ele acendeu um cigarro e colocou na minha boca.

– Quando você vai embora?

– Amanhã à tarde. Voltamos pra Nova York e acho que vamos ficar até o final da semana. Depois vamos para a Itália.

– Escuta, vou até Nova York na quarta. Posso jantar com você. Tá a fim?

– Claro, vamos.

– Tá bom. Não posso prometer nada, mas estou a fim de ir te ver.

– Eu não quero nada mais do que viver. Vou para a Itália e depois vou voltar para o Brasil. Quero abrir um café em São Paulo. Não sei ainda. Estou experimentando coisas.

– Não é uma boa época para ficar por aí, experimentando coisas.

Andy me puxou, me virou de costas e beijou meu pescoço. Depois de um tempo, ali meio que perdido entre o tesão absoluto e a loucura, me virei de frente para ele e minha voz saiu como uma sentença.

– Quero ir embora!

O quarto estava morno e Felipe me acordou. Eu fui dormir com o dia clareando e a última coisa de que me lembro é que Felipe tomou duas pílulas.

– Trouxe um suco e café. É quase meio-dia. Temos que fechar a conta e ir para o aeroporto.

Levantei e tomei um banho. Quando voltei do banheiro, ainda enrolado na toalha, vi Felipe abrindo um rádio *deck* daqueles enormes. Abriu as duas caixas de som, uma de cada lado. Era Phillips a marca do aparelho, e Felipe tirou todos os fios e os

alto-falantes. Eu sentei e fiquei olhando. Ele me encarava e não falava nada. Tirou de uma sacola dois pacotes, ambos embalados com papel alumínio e fechados com fita adesiva. Colocou cada pacote em um lado do *system* e aparafusou novamente o aparelho.
– Quando chegou essa sacola? E esse rádio?
– Quando você estava no banheiro.
– Quem trouxe?
– Para que você precisa saber?
– Foi o Andy?
– Não, claro que não. Quero que você me dê um palpite. Você acha que eu levo o rádio solto assim na mão ou ponho na caixa e despacho como bagagem?
– Não sei ainda. Preciso tomar um café e depois respondo. Por que você está fazendo isso?
Felipe me encarou com um olhar sério, mas carregado de ternura.
– Não posso viajar para a Itália dependendo apenas do seu dinheiro. E, além do mais, quer saber? Apareceu a oportunidade. Eu não procurei. Simplesmente surgiu. E acho que posso fazer isso sem problemas.
– Você é maluco! E ainda quer que eu leve aquele pacote. Não sei o que fazer com você, Felipe.
– Pega sua malinha e vai para Nova York e deixa o pacote aí. Eu encontro você no hotel. Tá bom assim? Sua mamãe não vai correr o risco de você ser preso e ser currado pelos negros e latinos, como ela deve ficar imaginando, caso aconteça alguma coisa com você.

Andrew e Eugenie nos encontraram na recepção e nos despedimos. Combinamos que, entre uma semana e dez dias, iríamos nos encontrar em Livorno. Achei que Andy ia ligar para o hotel, mas não ligou. Comi um crepe com *maple* e uns ovos mexidos e

fomos para o aeroporto. Eu sentia um vazio no táxi e de repente falei para o Felipe.
— Tira o rádio dessa caixa. Pede ao motorista para jogar essa caixa fora e dá uma gorjeta para ele.
Felipe explicou ao motorista. Falou tudo em francês, na chegada ao aeroporto. Mas o motorista não gostou muito, mesmo com a gorjeta. Ele ia ter que procurar uma lixeira e queria pegar outros passageiros. Enfim, deixamos ele reclamando sozinho.
Atravessamos uns cinquenta metros e chegamos ao *check*-in da United. Como não tínhamos bagagem, em menos de dez minutos estávamos sentados com os cartões de embarque. Eu acendi um Winston e Felipe fez o mesmo.
— E agora? Daqui a pouco vamos passar pelo raio X e pela verificação dos passaportes. Só que eu tô a fim de colocar essa droga dentro de alguma coisa.
— Bota na sua bolsa.
— Vou botar na bolsa, mas quero outra coisa.
Por ali tinha umas daquelas lojas que têm de tudo. Fui até lá e fiquei checando tudo: uns sanduíches naturais quadrados e grandes me chamaram a atenção. Lembrei do pacote e vi que o tamanho se assemelhava.
— Vou comprar uns sanduíches para levar.
Comprei e fui direto ao banheiro. Sentado na privada abri o sanduíche e tirei todo o recheio. Enfiei o pacote entre os pães e tampei com o guardanapo e o papel alumínio. Voltei para encontrar Felipe. Sobrou um pouco de plástico misturado de maionese e envolvi no papel alumínio.
— Vamos logo – eu disse.
Seguimos por mais um corredor, entramos na sala do raio X e fomos em frente. Passamos juntos pela mesma esteira. O rádio foi o primeiro a passar. Depois minha bolsa e a do Felipe. Tudo bem

rápido. Tirei meu passaporte do bolso da minha camisa. Esperamos duas pessoas que estavam sendo atendidas na minha frente.
– Vai na minha frente, Felipe...
Ele passou rápido. Andei até o oficial e entreguei o passaporte. O oficial abriu na página que tinha um papel solto. O homem pegou o papel e olhou para mim.
– Você foi ao *show* do David Bowie?
– Fui sim. Na quarta. Vim a Montreal só para ver o Bowie.
– *Show* sensacional. Eu fui na terça-feira – disse o policial, com um sorriso meio de lado.
Eu olhei para ele, e pensei: porra, que gato! Ele balançou o ingresso e eu não resisti.
– Ganhei até um autógrafo.
– Sério? Você tem aí? Tá brincando?
Abri a bolsa e comecei a procurar o papel com o autógrafo. Ouvi a voz ansiosa de Felipe.
– O que você está fazendo?
Disse para Felipe ficar calmo. O oficial já estava de pé dentro da cabine. Achei o autógrafo dentro de uma agenda. Mostrei a ele que ficou olhando o papel com interesse. Depois carimbou meu passaporte e ficou me encarando com um misto de curiosidade e desejo.
– Tchau, oficial – falei para ele.
Em menos de 4 horas eu estava sozinho num quarto do sexto andar do Hotel Plaza, que dava para o Central Park. Fazia calor e eu deixei a janela aberta. Queria ficar ouvindo o barulho da cidade. Felipe tinha saído para entregar a cocaína trazida do Canadá. Bateram na porta e uma moça entregou um envelope do American Express. Tinha a minha fatura do cartão e um *incoming* de dois mil dólares. Eu tinha gasto novecentos dólares e eles

abateram da minha conta. Liguei pra o Brasil e falei com meu tio em São Paulo. Ele tinha feito o depósito.
– Seu pai está na fazenda, em Rio Claro. Ele vai ficar lá este mês.
Perguntei por minha mãe.
– Ela está no Rio, visitando uma feira de moda. E você, quando volta?
– Eu vou para a Itália. Vou fazer um passeio de barco por duas semanas. Depois, não sei.
– Vem ficar com seu pai. Ele anda muito deprimido, bebendo muito.
– Vou ver isso – eu disse.
Desliguei. Corri uns oito quilômetros pelo Central Park, suei muito e tomei sorvete de framboesa para refrescar. Cheguei próximo a um grupo de capoeiristas, que se apresentavam perto da pista do ringue de patins. Estava escurecendo e eles cantavam e jogavam e tinha muitas pessoas em volta. Um capoeirista logo me chamou a atenção. Fiquei louco com o corpo dele. Parecia de pedra, de tão seco, tão recortado e magro. A cara não era muito bonita, ele tinha uns cabelos compridos até o ombro e usava um rabo de cavalo. Quando percebeu que eu o estava encarando, ele soltou o cabelo dourado, deu o berimbau para outro jogador e entrou na roda. Ele voava com tesouras, estrelas, rabos de arraia, pontes e fazia golpes que eu nunca tinha visto. Giros no ar. No final, deu dois mortais e parou perto de mim. Depois que parou de jogar, o grupo agradeceu a todos e um negro alto falou que eles eram do Brasil, que estavam em um festival e acabaram passando um chapéu. Eu dei vinte dólares.
– Meus parabéns. Vocês são de onde? –perguntei, tentando me enturmar.

– Somos de tudo que é parte do Brasil, mas moramos em Niterói – disse o que parecia ser o líder.
O garoto cabeludo veio andando devagar e trocamos uma ideia.
– Quando tempo você vai ficar por aqui?
Ele riu e respondeu que não sabia. Eu disse que queria convidá-lo para sair, fazer alguma coisa. Dar uma volta.
– Amanhã, se fizer sol, nós vamos jogar capoeira aqui mesmo, a esta hora. E se chover, bom, aí eu não sei.
– Está vendo aquele prédio ali? O Hotel Plaza? Estou lá até quarta-feira. Se chover, você me encontra lá amanhã às cinco. Fechado? Como é mesmo o seu nome?
– Meu nome é Igor. E o seu?
– Pedro.
Voltei para o quarto e encontrei Felipe deitado com um cobertor por cima e o quarto gelado. Ele estava virado para a parede. Eu fui até o lado que ele estava virado. Será que ele está doente? Fiquei preocupado. Sentei na cama e botei a mão na testa dele. Seu rosto estava pensativo e sério.
– Você não está com febre. O que houve? Que cara é essa?
– Nada. Estou aqui pensando.
– Pensando em quê, Felipe?
De repente ele deu um grito e puxou o cobertor, rapidamente. Estava apenas de cuecas e todo coberto por notas de vinte e cem dólares. Disse num tom teatral:
– Estou pensando em como vamos gastar todo esse dinheiro.
Dando gargalhadas, ele pulou em cima da cama, enquanto jogava o dinheiro para o alto.
– Você não vai acreditar. O homem lá, o tal Mister Gibb, me deu vinte mil dólares. Ele ia me dar dezoito, mas gostou de mim e deu vinte mil. Que tal, cara?

Felipe estava esfuziante. Sentado na cama, cercado de notas de vinte dólares espalhadas pela cama e pelo chão, falava sem parar.

– Fui levar o pó e o escritório do cara era no World Trade Center. Eu nem me toquei naquelas três letras: WTC. Quando cheguei lá, subi ao andar setenta e seis e encontrei aquele que me pareceu o cara mais foda que já vi na minha vida. Na hora achei que era tudo montado para ele encontrar comigo ou com sei lá quem. Tinha outras pessoas por ali, mas era tudo muito estranho. No final, acho que era um escritório de outras pessoas e que ele tinha uma sala só para tratar de seus negócios. Deve ser isso.

Garret ligou mais tarde e Felipe saiu para encontrá-lo. Levou o saco que estava comigo, mas antes tirou umas duas colheres cheias de pó e colocou em um frasco de comprimidos.

– Você vai ficar no hotel?

– Acho que vou ao cinema e comer alguma coisa mais tarde. Não sei ainda. Depois de juntar todo esse dinheiro fiquei cansado.

– Vamos dividir tudo – disse Felipe. Sem você eu não teria coragem, você é meu amuleto de sorte.

– Mas eu já te disse: não vamos levar nada de droga para a Itália. Não quero me meter em encrenca.

– Não, claro que não. Falei para o Mister Gibb que nós íamos para Roma e que depois íamos para um cruzeiro. Que não íamos ficar em Roma.

Fui até o cinema Angélica, vi um filme iraniano, mas dormi no meio. Andei até a Columbus Circle, parei no Indochine e tomei uma sopa, mesmo com o calor. Senti vontade de um líquido quente no meu estômago. Voltei para o hotel e dormi como uma pedra. Acordei com o telefone tocando e o quarto estava gelado. Era Andrew. O relógio marcava quase oito horas.

— Peraí, um minuto. Quarta-feira? Sim, hoje, tá ótimo. Vamos domingo e chegamos a Livorno na segunda, está bom para você? Ótimo. Partimos à noite para Córsega. Quantas noites eu não sei, você quem manda.

— Sardenha, eu nunca fui. Pode ser 20 dias, tá ótimo! Depois não sei. Talvez volte para o Brasil. Mas acho que posso ficar até o final de agosto. Ah... Vocês vão para Oslo e o barco para Bodrum. E vocês pegam o barco de novo lá? Que máximo!

Enquanto falava com Andrew, olhei para o lado e vi que Felipe não tinha dormido no quarto. A cama estava intacta.

— Nós vamos sair do hotel amanhã. Está tudo bem, tudo certo. Manda um beijo para Eugenie. Ok. Te vejo segunda.

Deitei e fiquei lembrando de Andrew na piscina, na festa na casa de Andy. Ele era irresistível. O que eu ia fazer 20 dias em um barco com um homem que eu não podia tocar? Depois de me espreguiçar fui ao banheiro e o telefone tocou. Era da recepção.

— Vamos ficar até amanhã. Falei com o *concierge* ontem à noite, quando cheguei. Sim, é isso mesmo. Você tem as passagens aí? Tá bom. Vou descer e tomar café. Que horas são?

Desci até o The Palm Court. Foi quando vi Felipe e Garret sentados numa mesa do outro lado do salão. Eles estavam de óculos escuros, tomando café e Mimosa. Fui até eles. Felipe levantou da mesa para me receber, me tacou dois beijos no rosto e sentou. Garret ficou sentado.

— Felipe, você ainda não dormiu? – perguntei.

— Não, querido. Como eu vou dormir com aquela enorme quantidade de pó? Virei a noite e o Garret também.

Sentei, pedi um café e fiquei olhando aquela cena dantesca. Parecia que nada daquilo combinava com o ambiente elegante e sofisticado do The Palm Court.

— Garret, você quer dormir aqui no hotel?

– Não. Vou para casa daqui a pouco. Estou só esperando a onda passar.
– Felipe você ainda tem pó aí?
– Claro. Você quer?
– Não agora. Mas acho que você deve subir ao quarto, tomar uma pílula e dormir.
– Nós estamos sem dar um teco desde que saímos da casa do Garret. Eu até consegui comer uma fruta. Abrimos o café às seis. Pedimos uma garrafa de Moët e caviar. O pessoal do The Palm Court não entendeu nada. Comi de colher o caviar. Garret, nem provou. Garret, você vai para casa, tá bem?
– Claro, meu amor.

Felipe subiu comigo e o coloquei na cama. Ele dormiu depois de um Dormonid e uns quarenta minutos de conversa. Fiquei no quarto por mais uma hora e depois saí para bater perna. Moma e um *hot dog*. Voltei para o quarto e Felipe dormia. Desci e, na recepção, comprei com dinheiro as duas passagens para Roma. Custou algo em torno de mil e seiscentos dólares o voo pela Alitalia. Marquei a volta para sessenta dias depois. E ainda mudei as duas passagens de volta para o Brasil para um dia depois que voltássemos de Roma. Quando essa trabalheira toda acabou, eram quase cinco da tarde. Parti para o Central Park, vestindo um *jeans*, camisa branca escrito "I love New York" e sandálias Havaianas. Naquele tempo ninguém ainda calçava sandálias Havaianas em Nova York, mas eu usava feliz. A temperatura estava uma maravilha. Dia quente e ensolarado. Andei um pouco e a roda de capoeira estava no mesmo lugar do dia anterior. Fiquei olhando de longe. Depois fui me aproximando, pouco a pouco. Fui chegando perto. Igor me viu, fez um sinal com a cabeça e mordeu os lábios. Foi como uma flechada. Fiquei lá curtindo e esperando o jogo terminar. E, quando acabou, vi que ninguém veio passar o chapéu para mim. Fiquei grilado. Igor veio até a mim. Ele tinha uma mochila, sentamos no parque e ficamos conversando. Aos poucos foi anoitecendo devagar. Ele contou sobre sua família. Que era de Friburgo e que seu pai era capoeirista também. Que moraram anos em Niterói, antes de ir para a Bahia, de onde seguiu para as viagens internacionais. Disse que tinha uma noiva em Salvador. Sorvete, coca e um *pretzel*. Até que ele falou que a gente podia fumar um baseado ali mesmo no parque.

– Vamos fumar, sim. Você tem mais do que um baseado?

– Tenho uma trouxinha que comprei ontem lá no Queens, mas tá acabando. Hoje já fumei uns dois baseados. É muito bom jogar capoeira doidão.

Fumamos um pouco e saímos para andar. E o clima entre nós estava cada vez mais envolvente. A gente se perdeu no meio do caminho e do nada ele saiu com esta:

– Tô com muito calor e quero trocar esta roupa. Será que a gente pode ir ao seu hotel? Queria tomar um banho lá.

– Vamos, claro!

Passamos pela recepção e subimos até o quarto. Entramos e estava gelado. E também estava impecável. A camareira tinha arrumado tudo. Felipe odiava quarto bagunçado e eu deixava um pouco tudo um caos. Tinha um papel escrito na mesa.

– Pedro, fui para casa do Garret. Se você quiser jantar com a gente, liga para este número. Se não, amanhã venho para fecharmos a conta. Já temos para onde ir. Love, Felipe.

Igor foi para o chuveiro. Liguei para o número, ninguém atendeu. Deixei um recado na máquina. Fiquei ali pensando. Fui até a janela e a rua estava cheia. Uma sensação de que estava longe de tudo. Fui até o banheiro. A porta estava aberta e Igor estava debaixo do chuveiro que parecia uma cachoeira. Era possível ver seu corpo perfeito através do box transparente. Combinava com o mármore castanho da decoração do banheiro. Seu corpo moreno de sol com poucos pelos nos peitos e os cabelos grandes molhados. Um monumento à beleza masculina. Um dos corpos mais bonitos que eu já tinha visto até então. Músculos grandes e alongados por todo o corpo. Um metro e oitenta de pura perfeição. Tirei a roupa. Já estava bem excitado. Entrei no chuveiro e já fui pegando e beijando tudo por onde minhas mãos e boca cabiam. E Igor se apoiando na parede também me beijava e me abraçava. Ficamos assim por um longo tempo. Eu estava muito excitado e ele desceu beijando meu corpo. E me mudou de lado, me encostando no mármore. Quando vi ele já estava agachado, chupando o meu pau, segurando com força. Depois se virou para a parede e me pediu para socar meu pau dentro dele. Foi incrível. Fiquei perplexo e mais excitado ainda. Fui metendo nele sem parar. Nunca tinha comido alguém com uma bunda tão gostosa. Tão macia, grande e musculosa. Foi mágico e inesquecível. Acabei gozando dentro dele e urrando de prazer.

Estava deitado de toalha na cama pensando em como tudo aquilo estava acontecendo tão rápido. Igor ainda estava no banheiro, quando o telefone tocou. Era Felipe. Ligou para dizer que tinha alugado um apartamento em Chelsea por quatro noites, por cento e cinquenta dólares. Disse que era incrível e tinha até um *balcony* com vista para o rio. Enquanto eu falava no telefone, Igor saiu do banheiro se secando com a toalha. E mais uma vez fiquei impressionado com o seu corpo tão massivo, tão seco ao mesmo tempo.

– Posso fumar um beque aqui no quarto? Vou abrir a janela e jogo um perfume aqui no ar – ele disse.

Em instantes Igor fez um baseado do tamanho de um cigarro longo de cem milímetros. Acendeu e tragou forte.

– Liga esse som aí, falou Igor.

– Está sem as caixas, não está funcionando – eu disse.

– Poxa, ele é novinho.

– Pois é, ele quebrou e meu amigo vai comprar outro. Mas aqui tem o som do quarto. Claro que transamos mais uma vez, mas não rolou penetração. Gozamos juntos só nos esfregando e se masturbando. Igor ficou feliz quando lhe dei 300 dólares para comprar sua maconha e curtir ainda mais uns dias em Nova York sem estresse. Dei o dinheiro sem o menor remorso, não me senti pagando nada. Pelo contrário. Eu me senti gratificado por ele ter sido tão gostoso naquele momento. Só meu. E ainda me fez lembrar como é gostoso fazer sexo com um cara da minha idade. E Igor, em nenhum momento, olhou com uma cara de ambição para qualquer coisa do quarto.

– Vou ficar mais uns quinze dias e depois vamos para Nova Orleans. Voltamos para o Brasil no final de julho. Este é meu número no Rio, me liga quando você voltar – ele disse.

Igor me deu um beijo ardente e foi embora, como um sopro de vento quente. Quando me vi sozinho no quarto fui até a janela e fiquei olhando a vista do Central Park.

Eu já tinha visto *Cats*. Amava o musical. Tinha um tom alegre e sombrio. E era exatamente como eu sentia o mundo naquele verão de 1983. Na minha imaginação, o ministro, Felipe, Andrew, Andy e Garret eram todos personagens daquele mundo vira-lata. E David Bowie era o Mr. Mistoffelees do musical. Cheguei ao Carmine's eram quase onze horas. Estava morto de fome. Felipe estava com Garret e mais dois caras. Quando cheguei, eles já estavam na segunda garrafa de vinho e já tinham comido algumas entradas. Eles estavam alegres e eu faminto. Os caras pareciam ter uns trinta e poucos anos e tinham cara de ricos e loucos. Mas não achei que eles fossem *gays* ou heteros ou qualquer outra coisa, além de uns caras que estavam na mesa. Eles não me interessaram. Até que Garret contou que um deles, Jay, era irmão do dono do apartamento que estávamos alugando.

— Você trouxe alguma coisa? — Felipe perguntou, falando baixinho no meu ouvido.

— Trouxe um vidrinho. Por quê? O seu acabou?

— Não. Eu ia te dar, se você não tivesse trazido o seu — ele falou.

— Agora só penso em comer essa vitela à milanesa — respondi. Comi muito. Depois de tomar mais uma taça de Barbaresco, o amigo de Jay levantou e foi falar com outro grupo, em outra mesa. E então eu vi que o sujeito era meio árabe, mais alto do que eu tinha pensado, e tinha umas pernas longas. Agora eu até já o estava achando um tanto ou quanto sexy.

— Felipe, quem é esse cara? — perguntei.

— O nome dele é Omar, sócio de uns restaurantes, inclusive deste aqui. O Garret disse que ele é advogado. Que horas são?

— Meia noite e dez. Você quer ir para algum lugar?

— Tem um clube a que eles querem ir, em Downtown. Vamos? Mas agora eu vou ao banheiro.

Felipe levantou, dando aquele seu risinho sem graça. Fiquei com Garret na mesa, ele falando como era bacana o apartamento. Pedi um Sambuca Molinari para mim, como fazia desde que meu tio me oferecera um, havia dois anos, em um hotel em Milão. Tomamos o licor no *lobby* e meu tio me contou várias histórias da minha família paterna. Naquela noite contei para ele que gostava de homens e mulheres. Ele riu e disse que já sabia, um amigo dele *gay* tinha me visto numa boate.

Rodamos a noite toda. Durante a noite, as mulheres caíam na nossa mesa como moscas. Estávamos em um bar daqueles que não tem hora para fechar; já eram quase três e tal e pela primeira vez meu olhar cruzou com o de Omar. Ele me olhou fixo por alguns segundos e resolvi dar um *up*. Estava ficando meio louco de vinho misturado com Sambuca e agora vodca. Eu pensei: tô fudido, não vou dormir mais antes das seis. Dei mais uma cafungada e, quando voltei, o bar estava mais cheio e não vi mais Felipe. Fiquei em pé um pouco e fui até a mesa. Omar levantou e falou:

– Senta aqui do meu lado.

Modelos brancas e homens negros com chapéus. Parecia um monte de cafetões e uma loura estonteante de tão linda com um vestido de paetês pretos. Uma fauna alegre dentro de uma bolha instalada naquele lugar, que parecia estar prestes a explodir.

– Você vai para Roma domingo? – Omar me perguntou, olhando nos meus olhos.

– Vou sim, com Felipe – eu disse.

– Que pena. Eu dou uma festa na terça, no Limelight, para meus amigos e queria muito que vocês viessem – ele disse.

– Se eu soubesse antes, nós ficaríamos, mas compramos as passagens ontem e agora para mudar fica complicado.

Falei matando mais um Sambuca. Omar colocou a mão na minha perna.

– Vamos tentar dar um jeito – ele disse.

Achei aquilo casual, não me liguei na hora, não dei importância. Estava tão relaxado com a trepada com Igor, que não dei bola. De lá seguimos para um *club* onde dançamos mais umas duas horas.

Quando saí do *club* o dia estava quase claro. Eu estava completamente louco e, quando dei por mim, estava na pista, dançando sozinho. Decidi ir embora. Fiz sinal para um táxi e, antes que ele parasse, uma limusine surgiu na frente. Omar abriu a janela e me chamou.

– Vem com a gente!

Entrei na "limo" e lá dentro tinha duas mulheres lindas e um modelo negro espetacular, já sem camisa. O cara estava batendo

O QUARTO ESTAVA GELADO E ESCURO | 61

uma carreira em cima de um suporte de madeira do carro, com um cartão American Express. Um canudo de prata ele segurava entre os dedos. Ele fez várias linhas. Grace Jones cantava alto no carro e todos cheiraram uma linha, mas o negro lindo cheirou duas. Rodamos por uns 20 minutos naquela *vibe* e tínhamos os copos cheios de *champagne* Veuve. Quando passamos em frente a um prédio na Park Avenue, na altura da rua 78, Omar pediu ao motorista para parar. Saltamos do carro e ele virou para o modelo Tyler e disse para ele subir com as meninas. Ok, *boss* – disse Tyler. Omar passou o braço no meu ombro e eu senti um calor subir.

– Vamos tomar um café?

Andamos até a Lexington, onde tinha uma delicatessen abrindo. Olhei no meu relógio e eram seis e dez da manhã. Omar tomou suco, iogurte com cereais e ainda um *donut*. Só tomei café, fumei dois cigarros e ainda comprei um pacote de Parliament, pensando na viagem para a Itália. Ele falou sobre o astral de Nova York e me perguntou o que achava da cidade. Então ele parou de falar e respirou o ar da manhã.

– Onde é mesmo que você está hospedado?

– No Plaza, eu tinha te dito no começo da noite. É um bom lugar para dormir. Você quer dormir lá? Eu não vou te atacar.

– Como assim? Não vai me atacar? O que vale dormir lá, então?

Omar riu de si mesmo. Disse que tinha uma reunião importante à tarde. E, se ele subisse até o meu quarto, não conseguiria mais dormir. Ele falou baixo, meio querendo se explicar.

– Vamos embora – eu disse.

Quando chegamos, o quarto do Hotel Plaza estava novamente impecável. Tudo absolutamente no lugar. Cada almofada, o vaso de flores, o cinzeiro, as cortinas, os tapetes, as toalhas do banheiro. Tudo arrumado, limpo e perfumado.

— Como eu gosto disso, falou Omar, respirando o ar do ambiente. O dia já estava claro. Fechei as cortinas. O quarto ficou escuro. Acendi um abajur, abri o armário e tirei um robe que eu tinha pegado do ministro. O ar condicionado me pareceu muito frio e diminuí um pouco. Omar estava deitado na cama, fumando. Sentei do lado dele.

— Tire sua roupa e vá tomar um banho.

Ele tirou os sapatos Ferragamo. Ficou de pé, tirou a calça e depois a camisa. Ficou só de cueca *boxer* Calvin Klein branca e essa foi a primeira vez em que não pensei em Marky Mark. Pelo *boxer* dava pra ver que ele tinha um pau grande.

— E aí? Gostou? Não vai querer pegar?

— Quero que você vá tomar banho — eu disparei. Pega este robe aí.

Joguei o robe de seda para ele. Omar se olhou no espelho e fez uma pose, mostrando o corpo. Vi um escorpião tatuado no seu ombro. Acendi um cigarro, me encostei na cama e fiquei ouvindo ele cantar uma musica no chuveiro. A melodia tinha algo de melancólico, mas não conseguia entender que língua era aquela. Ele desligou a água e, quando surgiu no quarto, estava com os cabelos penteados para trás. Todo arrumado, vestindo o robe.

— Agora é a sua vez.

Tomei um banho demorado. Deixei a água lavar meu corpo nem nenhuma pressa. Esqueci do tempo, do Omar, de tudo o mais. Fiquei ali pensando no meu pai, no meu tio, na fazenda, nos banhos de rio. Quando voltei para o quarto, Omar roncava baixinho. Vesti um *boxer* e uma camisa de malha branca e deitei-me do outro lado da cama. O quarto estava fresco, me virei e fiquei esperando o sono. Quando eu estava quase dormindo, Omar se virou para o meu lado, passou o braço em volta de mim e resmungou no meu ouvido:

– Há muito tempo não sou tão bem tratado.
Ele me puxou para junto dele e jogou sua perna por cima de mim. Adormeci.
O quarto estava gelado e escuro, quando acordei para atender o telefone. Acendi o abajur.
– *Hello.* Oi, Felipe. Você está aí embaixo? Melhor não.
Virei de lado e Omar estava dormindo. Felipe queria subir para fazer as malas.
– Tem alguém aí? – ele perguntou.
– Tem o Omar. Ele dormiu aqui.
– Omar? Meu Deus! Fico pensando que eu não tenho nada na cabeça, mas é sempre você que me surpreende. Tudo bem. Vou subir em quinze minutos. Temos que sair daqui hoje. Já pagamos o apartamento. Vai acordando esse maluco.
Felipe desligou o telefone. Olhei o relógio e era meio-dia e quinze.
– Omar...
Chamei baixo, mas ele ouviu. Resmungou algo que não entendi.
– Felipe está lá embaixo. Quer subir para fazer as malas. Temos que sair do hotel hoje. Vamos para a casa do irmão do Jay. Você me falou que tem uma reunião importante às três.
– Manda seu amigo subir. Você tem uma aspirina?
– Tenho sim. Vou pegar no banheiro.
– Cadê o telefone?
– Do seu lado – falei de dentro do banheiro.
– Já mandou Felipe subir?
– Não – respondi.
– Então manda.

Dei a aspirina para ele, liguei para a recepção e pedi para o Felipe subir. Omar levantou foi para o banheiro. Felipe entrou no quarto e foi logo perguntando por Omar.

— Tá no banho — respondi.

Felipe foi tirando sua mala do armário, num ritmo apressado.

— E você já começou a arrumar a sua mala?

— Falta pouca coisa. Arrumei tudo ontem, antes de sair de noite.

Omar saiu do banheiro. Estava com uma cara ótima. Sorriu para nós.

— Vou esperar vocês lá embaixo.

Nem tinha reparado que ele tinha levado suas roupas para o banheiro.

— Tá bom. Não vamos demorar. Se você quiser ir logo para casa, não tem problema.

— Não. Vou fazer umas ligações e encontro vocês lá embaixo.

Na recepção do Plaza chegamos com tudo arrumado. Fomos até o cofre e contamos o dinheiro. Ao todo tínhamos dezesseis mil dólares e uns trocados. Paguei meu cartão do American com o dinheiro do meu tio. E tinha mais cinco mil que o ministro tinha deixado. Felipe dividiu o dinheiro e me deu um bolo de dez mil dólares.

— Isso é seu.

Olhei para ele, com um ar teatral.

— Tá bom. Não vou recusar.

— Claro que não. Mas tenho que contar uma coisa que não falei ontem. Garret me pediu para não falar de jeito nenhum. Mas você é foda! Não perde a oportunidade de tentar seduzir mais alguém.

— O que foi que eu fiz desta vez?

Felipe respirou fundo e me olhou sério. Sua voz soou dramática.

— Sabe o Mister Gibb? O chefão. O *big boss*. O cara que eu encontrei no World Trade Center?

— Sim, o Mister Gibb. O poderoso chefão. O que é que tem?

— Mister Gibb é o Omar.

Fiquei atônito, todos os meus sentidos bloquearam. Eu me sentei na sala dos cofres e comecei a gaguejar alguma coisa, mas as palavras não saíam. O recepcionista se aproximou e perguntou:
– It´s all done?
Felipe não deu a mínima para ele e continuou falando em português.
– Vocês foderam? Foi isso que aconteceu? Você fodeu com Mister Gibb?
– Não. Nada de foda. Ele apenas dormiu aqui no hotel.
Desceram as malas e no *check-out* nos deram as passagens para Roma. A conta deu mil e duzentos dólares. Havia uma mensagem do Aurélio. Mostrei para Felipe. A mensagem era um telex e vinha do gabinete do Ministério das Relações Exteriores para o senhor Pedro Gouvêa: "Você está ainda em Nova York? Por favor, reserve nos seus planos o dia 28 de julho. Nesta data estaremos em Genebra".
– Nossa! Já passou uma semana do *show* do Bowie. – Felipe falou.
– Depois do *show* nós dormimos quase dois dias, você esqueceu?
Omar estava no *meeting room* falando ao telefone, quando chegamos. Sentei no sofá, acendi um cigarro e Felipe ficou próximo à janela.
– Hoje vai fazer calor – ele disse.
– Tem ar condicionado no apartamento, Felipe?
– Claro que tem, Pedro.
Fumei o cigarro e toda essa história do Omar ser o Mister Gibb me deixou preocupado. Jamais poderia imaginar. Omar veio em nossa direção.
– Então tá tudo certo? Vamos embora?
– Vamos para onde, Mister Gibb?
Falei sem pensar. Omar olhou para mim, olhou para Felipe.

— Você não podia ter ficado calado só mais algumas horas?
— E ia fazer diferença? — perguntou Felipe.
— Preferia que eu mesmo tivesse contado. Ou não ter contado porra nenhuma.
Omar pareceu ter ficado magoado. Ele se virou para mim.
— Espero que você seja adulto o suficiente para saber lidar com isso. Não vai agora ficar de viadagem, fazendo piadinha de babaca.
— Vamos embora, Felipe.
Dei as costas para Omar. Então ele me puxou pelo braço e falou sério, num tom rude e decidido.
— Nunca dê as costas para mim!
Felipe tentou falar alguma coisa, mas conseguiu apenas balbuciar algumas sílabas. Então Omar nos disse, calmamente.
— Só estou pedindo para vocês virem comigo aqui perto. Só isso.
Eu me sentei de novo. Estava nervoso e com medo. Meus olhos se encheram d'água. Acendi outro cigarro. Lembrei-me de tudo lá em cima e pensei: ele não está armado.
— Felipe vai dar uma voltinha — ele disse.
Felipe deu uns passos para trás, foi até a janela e ficou nos olhando de longe.
— Vem comigo. Tenho uma reunião importante. Não posso ir assim. Não quero passar em casa. E quero ficar mais umas horas com você. Você me fez bem.
Eu olhei para ele. Minha vontade era de chorar. Olhei as mãos dele. Seus dedos eram longos, finos e bem tratados. Usava um anel redondo de prata, como se fosse uma moeda.
— Você é o quê? — perguntei.
Sua voz respondeu, num tom macio e gentil:
— Sou advogado. Tenho sociedade em alguns restaurantes. Gosto de cavalos e de mulheres bonitas. E no momento quero

sair com você daqui e ir ali, na lojinha aqui do lado, comprar um terno para ir à reunião.
— De onde você é? — continuei meu questionário.
— Sou de Chicago, meu pai é libanês e minha mãe sueca, mas nasci aqui em Nova York.
— Só mais uma pergunta? — eu disse.
— Pode fazer — ele disse.
— Onde você estudou?
— Na Universidade de Chicago e depois Columbia. E desde então estou morando por aqui. O que mais você quer saber? Já estou cansado de responder perguntas bobas.
— Tá bom. Vamos lá. Mas Felipe vai conosco.
— Temos que deixar as malas por aqui — disse Felipe, se aproximando.

Omar virou para o *Bell Captain* deu um cartão e disse que seu motorista ia vir pegar nossas malas. Depois saiu andando. Ele ia à frente, descendo pela Quinta Avenida, e eu e Felipe atrás.

De repente, Felipe falou:
— Acho que ele ficou puto.
— Omar — perguntei — você tem um isqueiro?

Ele parou na minha frente e acendeu meu cigarro. Eu segurei o seu braço.
— Me desculpe, eu não deveria ter perguntado nada.

Ele olhou para mim e olhou para minha mão. Soltei seu braço. Ele sorriu de um jeito amigável.
— Está tudo bem. Vamos esquecer tudo isso. Para você eu sou Omar. Apenas Omar. Ok?

Entramos na Salvatore Ferragamo da Quinta Avenida. A loja estava quase cheia. Logo o gerente veio nos atender e nos levou para uma sala privada.
— O que vocês querem beber?

Um *champagne* Moët & Chandon estourou atrás de nós e apareceram *flutes* e um balde de gelo.
— Que balde lindo — disse Felipe.
— Bucellati — disse o gerente.
Parecia tudo ensaiado. O *champagne*, o balde, as *flutes*, os personagens. Naquele ambiente tudo parecia elegantemente teatral.
Um senhor italiano entrou no reservado e Omar bateu palmas e disse alto:
— *Buon giorno, Vittorio*! Vejam, rapazes, este é o melhor alfaiate de Nova York.
— Eu quero uma água com gás — interrompi Omar, enquanto ele dava dois beijos no senhor Vittorio.
Logo surgiu uma garrafa de San Pellegrino gelada e os três ternos foram trazidos pelo gerente. Todos de algodão e seda nas cores verde-escuro, mostarda e bege areia. Todos feitos *sur mesure* para Omar.
— Qual você gosta mais? — Omar perguntou, me olhando nos olhos. Desta vez senti o olhar dele quase me perfurando. Fingi que não percebi.
— Eu gostei mais do areia. Penso que combina com você.
— Você acha que eu devo ir com ele à reunião?
Omar continuou a falar, como se há quinze minutos não tivéssemos dito nada. Como se eu não soubesse que ele era um *drug dealer* dos mais poderosos de Nova York.
— Você deve ir com ele, sim. Mas que reunião tão importante é essa? Posso saber?
— Melhor não.
Ele riu levemente e depois olhou direto nos meus olhos. Omar estava em pé. Então ele deu uns passos na minha direção. Eu estava sentado no sofá de veludo vermelho, tipo Chippendale. Aproximou-se e disse, quase que murmurando.

– É melhor eu ficar longe de você.
Então ele deu meia volta e falou com o gerente.
–Lorenzo, meu amigo vai fazer um cruzeiro pelo Mediterrâneo. Arruma umas coisas bem bonitas para ele.
Eu fiquei mudo. Felipe deu um risinho de lado, enquanto folheava uma *Vanity Fair*. Subimos mais um andar na loja e Lorenzo me fez comprar duas calças incríveis, duas camisas deslumbrantes e um casaco de *nylon* amarelo, que me deixou perplexo. E também duas sandálias fantásticas. Felipe me olhava com malícia e eu fiz um sinal para ele.
– Felipe, tudo nosso depois, ok? Vou pagar, mas é nosso.
Fui para o caixa, mas Lorenzo não aceitou meu pagamento. Insisti, mas ele foi firme em sua recusa. Disse que estava tudo na conta do senhor Omar. Fui procurar Omar, mas não o encontrei mais. Ele tinha ido embora.
Entrei no meu quarto do apartamento que nós tínhamos alugado. O quarto estava quente e abafado. Abri as janelas e a vista dava para ver o rio ao longe.
– Felipe! Adorei tudo. Como é mesmo o nome do irmão do Jay?
– O nome dele é Roy Whittman. O Garret me disse que ele tem vários negócios: editoras, lojas, fábricas. A família é de Illinois. São ricos.
– Tem que ser mesmo. E muito rico, porque na sala tem um Warhol, um Schnabel, uma escultura do Claes Oldenburg e aqui no quarto tem uma foto do Man Ray e uma tela do Josef Albers. Nunca vi nada assim. E pagar apenas cento e cinquenta dólares para ficar aqui. Como pode? Esse Garret conhece muita gente. Estou bobo. E você não quer ficar com ele?
– Eu gosto dele – disse Felipe. Mas ele é muito maluco, muito americano. Eu não sei, ele disse que vai mudar para cá hoje. Quer

ficar aqui até domingo. Mas não me perguntou se eu quero ficar com ele. Ele está muito preocupado em fazer dinheiro. O Omar o chamou para ser sócio em um clube, mas ele me disse que gosta de restaurante. Clube ele gosta de ir para se divertir. Vamos ver.
– Você viu? As malas chegaram antes de nós. É... O Omar é legal, mas não sei qual é a dele. E não vou ficar aqui esperando ele ter coragem de transar comigo. Tenho outros planos – falei, – meio que planejando uma coisa que eu mesmo nem sabia direito o que era.
– Sabe esse Roy? O dono do apartamento? O Garret já teve um caso com ele – disse Felipe. Omar também era muito amigo dele. O Jay e o Omar são praticamente irmãos. Acho que eles estudaram juntos em Chicago. É uma turma que veio de Chicago para Nova York, mas o Roy chegou antes, é o irmão mais velho. Omar e Jay vieram depois. Jay e Omar estudaram leis e contratos. Roy é *publisher*, abriu sua própria editora e ganhou muito dinheiro publicando livros didáticos. Depois vendeu tudo por uma boa grana e hoje tem vários negócios.
– Vamos fazer uma coisa diferente? – propus.
– O quê? – perguntou Felipe
– Vamos alugar um carro e dirigir até Coney Island. Vamos dar um mergulho no mar. Quero dar uma relaxada e ficar sem pressão. Temos poucos dias aqui, vamos curtir.
– Já são quase duas. Será que vale a pena ir até lá?
– Vamos! Ok. – concordou Felipe
Alugamos um carro e fomos embora para Coney Island; como era dia de semana, o trânsito estava bom e eu não errei o caminho. Cruzamos o Brooklin e em quase uma hora chegamos à calçada da praia. Felipe levou uma bolsa com toalhas e roupões que encontramos no banheiro. Até bananas Felipe colocou na bolsa. Deixamos tudo na areia e eu corri para a água. Estava

gelada. Dei um mergulho e saí correndo do mar. Sequei meu corpo. Vesti minha camisa e deitei para tomar um sol.

– Imagina, Felipe, daqui a uma semana nós vamos estar em um barco no meio do Mediterrâneo. Com aquele homem maravilhoso de capitão. Vou te falar uma coisa: se o Andrew colocar um boné de capitão, eu vou me jogar na água para ele me salvar, ah eu vou. Eu nunca vi um homem tão gostoso na minha vida. Você não acha?

– Ele é muito bonito mesmo. Mas eu prefiro o Andy – disse Felipe, dando um gole na sua Rolling Rock.

– O Andy é irresistível, mas é casado, nunca vai deixar a mulher e tem aquela filha doente. Você sabe que ele vem aqui amanhã, né? Em Montreal, ele disse que vinha antes de irmos para Roma. Mas eu não acredito. Estou sem esperanças de ver o Andy de novo.

– Ele vem. Pode apostar que ele vem – sentenciou Felipe.

Bebemos mais algumas Rolling Rocks. Tomamos sorvetes. Brincamos no parque de diversão e anoiteceu. A noite estava linda, tinha uma lua crescendo. Quando estivermos na lua cheia, estaremos navegando –pensei. E depois? Perguntei ao universo o que ia ser. Felipe ficou olhando para o céu, nós dois sentados num daqueles bancos da calçada em frente ao mar. Depois de uma pausa, ele falou daquele jeito que só os amigos falam.

– Você tem seu ministro.

Felipe desfilou uma série de benefícios sobre minha relação com o ministro do governo brasileiro. Claro que ele sabia que eu jamais faria disso uma vantagem, mas que isso existia era pura verdade.

– Não é bem assim, Felipe, isso vai acabar um dia e vou ter que decidir o que fazer.

Silêncio. Aquela angústia que eu não sabia muito de onde vinha foi tomando conta de mim aos poucos. Responsabilidades, meu pai, minha mãe. Minha família! Não tinha como eu me jogar no mundo e simplesmente abandonar tudo. Felipe me olhou e senti um tom de lamento na sua voz.

– Você conhece tantos assuntos, tantas pessoas, tem tantas opções. Você quer mesmo morar no Brasil? Sinto muito, mas eu não vou conseguir voltar. E também não quero morar aqui. Gosto daqui e me sinto bem em Nova York. Você mesmo viu como eu dirigi tranquilamente até aqui. Normal para mim. Mas essa doença que apareceu está me deixando angustiado. Muita gente está ficando doente. E esse clima de quase terror me assusta. Além disso, a Europa me parece mais interessante.

Bebemos mais um pouco. A Rolling Rock estava bem gelada e descia suave. Mesmo tendo bebido tantas cervejas, voltei dirigindo.

– Você está bem para dirigir? – perguntou Felipe. Quer pegar um táxi? A gente deixa o carro aqui e eu peço para Garret pegar amanhã.

– Não precisa. Estou bem para dirigir. Vou devagar.

Demoramos mais tempo para chegar e encontrar uma garagem para o carro. Eram quase onze da noite. Entramos no apartamento. As luzes estavam acesas e o som tocando Bryan Ferry. Lá estavam Jay, Garret, mais dois casais e duas garotas suecas. Quase uma festa. Garret estava na cozinha, fazendo *cocktails*, e tinham pedido *sushis* e garrafas de saquê. Eu achei tudo ótimo. Garret estava feliz com Felipe. Os dois se beijaram na frente de todos e ganharam aplausos. Começou a tocar Talking Heads e parecia um anúncio do que viria pela frente. Fui para meu quarto e fiquei lá um pouco sozinho. Depois Felipe chegou com algumas duplas de *sushis* e uma taça de saquê. Eu estava lendo a *Interview* com a Goldie Hawn na capa que achei numa bancada. Tinha uma matéria falando de Roy.

– Você vai ficar no quarto? Quer um *hint*? – perguntou Felipe, já esfregando o nariz.

– Não. Eu vou acabar de ler isto aqui e depois dou uma passada na sala, mas vou dormir logo.

– Garret falou que o Andy ligou para ele e pediu o telefone daqui – disse Felipe.

Fiquei olhando para o Felipe e, de repente, uma coisa ficou muito clara na minha mente. Resolvi perguntar sem nem pensar:

– Você não vai levar nenhuma cocaína para a Itália, não é?

Felipe piscou seguidamente. Depois falou, num tom que soava conciliador:

– Olha só: eu vou com você para a Itália. Fomos convidados juntos e estamos nessa viagem juntos. Eu não vou fazer nada para estragar minha vida. Você não vai levar nada ilegal. Pode ficar despreocupado. Mas temos que pensar no que fazer depois destas férias. Ou vamos viver estas férias eternamente? Estou com 24 anos e preciso resolver rápido isso tudo. Você é mais jovem do que eu. Ainda pode rodar por aí mais um pouco. Bom, vamos lá para a sala e nos divertir.

Eram quase duas e meia da manhã. Eu já estava na terceira vodca. Tinha dado uns dois tecos e fumado um pouco. Estava louco, eu diria. Garret preparou uns drinques com pimenta caiena macerada. Assim o álcool subia ainda mais rápido. Fui para o meu quarto, que era o maior do apartamento, e tirei minha roupa. Tomei um banho frio. Abri a janela e fumei um cigarro pelado na pequena varanda. Como eu adorava esta cidade. Aquele apartamento era lindo. Realmente eu estava cercado de tudo de que mais gostava. Arte por todos os cantos. E os armários estavam repletos com as roupas do morador, que com certeza era um homem de muito bom gosto. Tinha peças de todas as marcas. Saint Laurent, Hugo Boss, Geoffrey Beene, Brioni, Armani. Jaquetas, ternos, *cashmeres* e sapatos. Tudo ultrachique. Eu me senti envolvido numa mistura de êxtase e ilusão. Acabei encontrando no banheiro um frasco de Quaalude em uma das gavetas. Nunca tinha tomado, mas sabia o que era. Tomei um comprimido e fui para a cama ainda pelado. De repente me deu uma vontade de falar no telefone. Vesti minha Calvin e sentei no chão. Peguei o telefone que tinha ao lado da cama. Um modelo sem fio ultima geração. Liguei para o número do escritório do ministro na casa de Brasília. Tocou umas dez vezes e ninguém atendeu. Busquei minha carteira e achei um cartão com o telefone de Andy, em que ele tinha escrito a caneta o número de sua casa. Fiquei olhando o número por instantes. E, quando decidi ligar, a porta do meu quarto se abriu. Omar estava de pé e ficou ali parado me olhando.

– O que você está fazendo aí sentado no chão?

Até aquela hora Omar não tinha aparecido na casa. Eu não tinha perguntado por ele, mas sentia no ar que todos sabiam que ele chegaria a qualquer momento. Senti o efeito do Quaalude.

– Estou tentando ligar para alguém – eu disse, olhando para ele e para o telefone.

– Ligando para quem?

– Não sei – respondi.

– Levanta – Omar falou, meio que dando uma ordem. Tentei ficar de pé e não consegui. Senti o quarto andar. Omar me levantou e me sentou na beira da cama.

– O que você tomou? – ele perguntou num tom gentil, já me levantando do chão.

Olhei para ele e ri.

– Tomei um Quaalude.

– Maluco! Você é maluco.

Deitei na cama e fiquei olhando para ele, que parecia perplexo. Segurei na mão dele e fiz um pedido.

– Fica aqui até eu dormir.
Ele deu um sorriso maroto.
– Eu vou dormir aqui com você. Cadê os comprimidos?
– Estão ali, no armário do banheiro.
Omar trouxe o frasco, pegou meu copo que estava cheio de vodca e tomou um comprimido. Eu continuei sorrindo. Ele tirou a roupa, ficou só de cuecas, foi até a porta e trancou. Deitou ao meu lado e me abraçou.
Não sei o que aconteceu. Lembro-me de termos transado, mas parecia um sonho. Não posso ter certeza de mais nada, desde a hora em que ele deitou na cama até quando acordei. Se foi sonho ou realidade, não sei dizer. Lembro apenas que foi inebriante.
O quarto estava escuro e gelado. Eu ouvia o telefone tocar e parecia a milhas de distância. Olhei meu pulso e o relógio marcava nove e vinte. Voltei a dormir. Ouvi novamente o telefone e me virei na cama. Senti as costas de Omar. Sentei na cama, querendo acordar, e vi as pernas e os pés de Omar. Não tinha reparado nas pernas dele até então. Vi outro escorpião tatuado no pé dele. Parecia que ele estava ali por acaso. O telefone agora berrava.
– *Hello?* Quem é?
– Sou eu. Andy.
– Oi Andy, que surpresa boa. Você está aqui? Sim, hoje à noite. Que horas? Sete está bem. Você está num hotel? Entendi.
Falei rápido. Não queira estender a conversa com Omar ao meu lado na cama.
Omar levantou e foi ao banheiro, sem dar uma palavra. Desliguei o telefone e fiquei esperando Omar falar algo. Não me lembrava de nada do que tinha acontecido. Só até o momento em que ele tomou o comprimido. Coloquei o roupão. Fui até a sala e bati no quarto do Felipe. Ninguém respondeu. Abri a porta devagar e

Felipe estava dormindo sozinho. Voltei para o meu quarto e bati na porta do banheiro.
— *Come in.*
Omar, você quer um café ou prefere descer e tomar na cafeteria aqui do lado?
Ele estava enrolado na toalha de frente para o espelho, fazendo a barba.
— Essas giletes são suas?
— São minhas sim. Tenho outras aqui. São novas.
Abri minha *nécessaire* e dei para ele as giletes. Ele ficou me encarando.
— O que houve ontem à noite? – ele perguntou.
— Nada – respondi.
— Eu acordei todo gozado? – ele falou, me olhando através do espelho.
— E eu com isso, Omar?
Ele riu de um jeito *sexy* e sacana.
— Porra, cara! Você não me estuprou, né?
— Se eu te estuprei, você gostou? – eu disse.
Ele ficou sério.
— Você gosta desse Andy?
— Ele é legal. Normal.
— Ele é casado, não é?
— É sim, conheço a mulher dele. Ela é bacana – eu disse com um ar malicioso.
— Tá bom. Então a gente se vê por aí.
— Você não quer um café ou qualquer coisa?
— Não, eu vou indo. Tenho um treino agora cedo.
— Treino de quê?
— *Boxing*. É aqui perto, na dezessete com a oitava e tô quase atrasado.

– Ok, então nos vemos por aí.
Ele se arrumou, ajeitou a camisa, penteou o cabelo e foi saindo. Na porta, ele se voltou, me olhou bem dentro dos meus olhos e perguntou:
– Você não quer levar mesmo essas minhas coisas para a Itália?
– Eu não estou acreditando que você está me perguntando isso.
– Qual o problema com você? Você quer uma passagem de primeira classe? Você quer que eu vá segurando sua mãozinha? Você já não tem o Felipe para fazer isso? Você não tem esse babaca para te foder? Que é que você quer? São 25 mil dólares! Pensa bem. Você vai ter dinheiro para poder fazer suas comprinhas em Londres. O que mais você quer?

Fui correr, depois de comer uns ovos com *bacon* para diminuir o meu ódio por aquele babaca. A cidade estava quente e cheia. Andei até chegar ao Gramercy Park e dei umas dez voltas correndo ao redor do parque. Desviava das pessoas até que cansei e comecei a caminhar de volta para casa. Na altura da Park Avenue vi uma loja muito descolada e entrei para dar uma olhada. Estava com minha carteira, mas com pouco dinheiro. Fiquei olhando até que uma mulher de uns trinta e tantos anos veio na minha direção, sorrindo, e me perguntou se eu queria alguma coisa especial.
– Não. Apenas gostei da loja e decidi entrar. Estou indo para a Itália nos próximos dias. Pensei: quem sabe tem alguma coisa de que eu precise.
A mulher ficou me olhando com atenção e depois disse:
– Conheço você. Há dois dias você estava num clube com o Jay Gibb. Você é da America do Sul, se não me engano. Desculpe. Não me recordo do seu nome.
– Sou do Brasil. É verdade. Estávamos num clube. Eu, Jay Gibb e outros. Também não lembro direito se fomos apresentados. Foi

uma noite longa e muito doida. Você sentou na nossa mesa um tempo. Mas eu já estava bem doido. Algo foi me deixando estranho e perturbado. Dei mais uns passos para dentro da loja e vi umas camisas de mangas curtas bonitas. Umas com listras e outras com estampas florais, criações do Perry Ellis. Perguntei o preço. A mulher veio, olhou as camisas e não achou etiquetas com preço. Pediu um minuto, foi em direção ao caixa, conferiu e voltou. Custam 65 dólares cada uma. Mas posso fazer um desconto de 10%. Não tinha levado muito dinheiro, mas estava com meu cartão American Express.

– Vou levar estas três e mais este *short*.

– *My name* is Carla – a mulher falou.

– Muito prazer, Pedro.

– Você tem alguma notícia do Roy, irmão do Jay? Como ele está? Você o conhece?

Dei o meu cartão e pensei alguns segundos antes de responder.

– Eu não o conheço pessoalmente, mas sei que é um homem muito sofisticado.

Falei aquela palavra para colocar uma distância e ao mesmo tempo impressioná-la.

– Roy e meu marido são amigos. Estudaram juntos em Chicago. Eu soube que ele está no Lenox Hill há dez dias.

– É mesmo? O que houve?

Ela me olhou e uma sombra atravessou seu olhar. Então ela falou baixo, num tom solene e trágico.

– Ele tem aids. Soube que sua saúde piorou muito nos últimos meses. Eu o vi em maio, num jantar no MoMA, *only for members*. Foi mesmo um jantar muito exclusivo. Apenas para colecionadores. Roy Gibb estava muito magro, muito abatido e suava muito. Ele ficou uma meia hora e logo foi embora. Tão triste vê-lo naquele estado. Ele era tão alegre, tão cheio de vida.

– Mas é capaz de ele logo melhorar. Superar a doença. E daqui a pouco ele pode estar por aqui novamente.

Carla fez uma cara como quem estivesse ouvindo um dos maiores absurdos. Parecia perplexa. Assustada. Sua voz soou sofrida e sem esperança.

– Essa doença não tem cura. Quem fica doente, morre. Já perdi tantos amigos. Tantos clientes. Esse mundo está acabando.

Saí da loja atordoado. A conversa com Carla me deixou desconcertado. Quase que em pânico total. A aids nunca tinha chegado tão perto de mim. A doença já estava muito presente na vida de Nova York, naquele verão de 1983. Mas eu não conhecia ninguém que tivesse contraído a doença. Mas agora havia o Roy Gibb. Eu nem o conhecia pessoalmente, mas estava morando no apartamento que era dele. E eu o admirava por causa do bom gosto na decoração, os quadros e esculturas, as roupas de grife no *closet* e a vista da janela do meu quarto. O dono do apartamento em que eu estava hospedado estava no hospital Lenox Hill com aids. E uma confusão amorosa em que eu estava metido misturava sexo, drogas e aquele apartamento cheio de obras de arte. Fui andando o mais rápido possível para ver se conseguia ainda encontrar Felipe em casa. Acelerei o passo cada vez mais. Angústia. Ansiedade. Medo.

Cheguei tarde demais. Não tinha ninguém em casa. Ainda não tinha olhado o apartamento por completo e agora percebia que cada detalhe da casa tinha uma assinatura. Até polaroides de Warhol eu achei dentro de uma caixa de acrílico. Uma escultura pequena de Henry Moore, um desenho de Miró, uma gravura de Vasarely. Fui ao quarto de Felipe e fiquei vasculhando cada peça. Tudo era um tesouro. Como nós poderíamos ter alugado aquele apartamento por apenas 150 dólares? Deitei na minha cama e fiquei lá, olhando para o teto, perdido nos meus pensamentos por não sei quanto tempo. O telefone tocou. Custei a entender que era para eu atender. Estava baratinado. Atendi o sem fio ao lado da cama. Era Andy. Respirei aliviado. Não queria falar com Felipe, nem com Omar, nem com mais ninguém.

– Oi, tudo bem. Não. Com um pouco de dor de cabeça, mas estou bem. Vamos sim. Que horas? Às sete horas? Ok. Onde? Não é nada. Vai passar, daqui a pouco vou tomar um Advil. Vou melhorar.

Nada ainda me fazia esquecer a conversa com Carla. Depois de um tempo, fui até o *balcony* e vi nuvens pretas se formando lá pelo lado do Queens. Um vento quente me levou para dentro do apartamento.

Trovoadas e raios. Uma chuva forte começou a despencar do céu. Faltava meia hora para eu encontrar Andy. Eu estava pronto. Banho tomado e perfumado. No verão de 1983 eu usava o perfume Grey Flannel, que tinha um suave cheiro de limpeza. Fiquei olhando a chuva cair pela janela, enquanto tomava uns goles de uísque. O telefone tocou.

– Oi Garret. Não, o Felipe ainda não chegou. Aqui tá chovendo bastante. Um temporal. Vou encontrar o Andy daqui a pouco. Não sei ainda. Ele marcou num restaurante aqui perto e já estou saindo. Vou escrever uma mensagem para Felipe te ligar.

O restaurante era próximo. Umas quatro quadras. Na esquina da Sétima Avenida. Aproveitei um instante em que a chuva diminuiu e segui por debaixo das marquises. Os trovões e raios estavam mais distantes. Cheguei uns 10 minutos atrasado. Os pingos da chuva eram poucos, mas grossos. Não levei guarda-chuva.

Andy estava em um canto, ao fundo. Numa mesa de dois lugares. O restaurante era um pouco escuro e cinza-chumbo. Ele levantou e me abraçou. Estava de *blazer* azul-marinho de gabardine, camisa branca, *jeans* e bota. Tirou o *blazer*. E, quando eu ia começar a falar, ele me interrompeu.

– Não fale nada, me deixe apenas olhar para você.

Uma onda de emoção foi tomando conta de mim. Ele me olhava fixamente e foi abrindo um leve sorriso.

– O que vamos beber? – ele perguntou, quando um rapaz foi se aproximando para tirar o pedido.

Eu não sabia o que dizer. Ainda estava carregado da emoção de vê-lo.

– Então traz duas taças de *champagne*. E depois vamos tomar saquê.

Andy pediu tudo de cabeça, sem nem olhar o cardápio.

– Você já veio aqui.

–Sim. É um dos meus *sushis* preferidos da cidade.

O *champagne* chegou rápido e estava muito gelado. Desceu perfeitamente.

– Que *champagne* é esse?

– Bollinger. Este é um dos poucos lugares que vendem em taça. Quer mais uma?

– Não, obrigado. Eu gosto de saquê.

Talking Heads era seu próximo projeto. Um documentário sobre um *show* da banda.

– Conta sobre sua viagem a Itália.

Contei tudo. Na verdade não tinha muito para contar.

– E depois?

– Depois? Não sei. Talvez Londres por uns dias e depois voltar para casa. Tenho poucos planos.

Ele me lançou um olhar cheio de volúpia e sugeriu que eu fosse até o banheiro. Fui até lá, dei uma mijada. E quando já estava lavando as mãos Andy entrou atrás de mim e fechou a porta. Ele me encostou na parede e me deu um beijou na boca. Senti explodir um balão dentro de mim. Depois ele parou de me beijar e me mandou voltar para a nossa mesa. O restaurante estava lotado. Olhei o relógio e eram exatamente oito horas. Ficamos conversando e bebendo saquê. De vez em quando comíamos um *sushi*. Andy continuou a falar sobre o documentário que ele estava produzindo do Talking Heads e percebi que ele queria achar uma conexão comigo, além do tesão. E mais, vi que ele vasculhava os pensamentos para achar uma possibilidade para um desacordo, uma ruptura. Mas eu não o deixei ir longe e ficar divagando. Sabia que ele estava preso ali, naquela curiosidade quase animal. Andy falou da mulher e do seu apartamento em Paris.

– Você não tem um lugar só seu? – perguntei.

– Não. Eu viajo bastante com os *shows* e outras produções e, quando vejo, já estou uma semana fora de casa.

Não era bem a resposta que eu esperava. Uma semana. Era isso que ele tinha no máximo. Apenas isso. Acabou a garrafa de saquê e eu pedi outra.

– Vou ter que te carregar pra casa? É isso que você quer?

– Não tem uma garrafa pequena?

– Aqui não tem nada pequeno, Andy falou.

Eu ri do comentário sacana.

– Oba! É assim que eu gosto.

– Você vai ganhar o que você gosta.

Andy olhou o relógio. Eram dez e vinte.

– Nossa! Como o tempo passou rápido – ele falou.

– Você tá com pressa?

– Não. De jeito nenhum. Isso é só uma desculpa pra gente ir embora e ficarmos juntos. Penso nisso desde a noite do *show*.

Andy virou um gole de saquê.

– Você nunca transou com um homem? – perguntei.

– Não foi isso que eu disse. Nunca dormi com um cara. Sempre que aconteceu, o que não foi muitas vezes, foi uma transa rápida. Em Paris, tinha um cara, mas era diferente.
– Vamos deixar essa conversa para outra hora.
– Acho que você entendeu o que está acontecendo. É diferente.
Eu acendi um cigarro.
– Vamos tomar o ultimo saquê da noite. O ultimo não, vamos levar uma garrafa com a gente.
– Vamos sim. Você vai lá para minha casa, hotel ou sei lá o que é o lugar onde estou hospedado. Você conhece a casa do Roy?
– Fui lá há uns dois anos. Teve uma festa para o David Bowie. Achei que ia acabar em uma grande suruba. Estou brincando! Mas tinha umas quarenta pessoas. E todas quase se pegando. Fui embora e a festa parece que continuou até de manhã.

Rimos mais um pouco e finalmente saímos do restaurante. Fomos até a Sétima Avenida. Tinha parado de chover e agora corria uma brisa suave, vindo do rio. Andy passou o braço sobre meu ombro, me puxou e me deu um beijo. Depois me empurrou e sua mão me segurou.
– Assim eu vou cair.
Ele riu e me puxou novamente.

Chegamos em casa. Acendi as luzes e abri a varanda. Andy foi lá fora e acendeu um cigarro.
– O que você quer beber?
– Tem cerveja?
– Tenho sim. Rolling Rock bem gelada. Vi hoje na geladeira. O Felipe gosta de cerveja.
– Você quer um tiro? – Andy perguntou.
– Quero. Vou buscar um canudo no meu quarto.

Fui até o quarto e acendi uma vela do Henri Bendel. O quarto estava arrumado, impecável. Achei um bilhete em cima da cama: "Aproveite a noite. Vou dormir no Garret. Tem *champagne* na geladeira e umas coisas que comprei na deli. E *croissant* para o *petit dejeuner*. Felipe". Olhei para o lado e tinha peônias brancas no vaso. Voltei para a sala e vi uma orquídea branca linda enorme em cima da mesa. Não tinha visto. Olhei para os lados e a casa estava radiante. Som. Faltava uma trilha para aquele momento. Coloquei um disco. Já tinha CD´s na casa. Mas, as opções eram poucas e tinha uma coleção de vinil de uns 400 LP´s. Todos por ordem alfabética. Escolhi Smokey Robinson e coloquei no Marantz. Andy veio até a sala.

– E aí? Você vai dar o tiro ou não? Cadê a minha cerveja?

– Peraí, eu estava colocando um som.

– Som você deixa comigo.

Abri a cerveja e coloquei um pouco de saquê no meu copo. Ainda estava gelado. Andy bateu quatro carreiras em cima de um espelho que eu trouxe do quarto, com um canudo feito de uma nota de cem dólares novinha. Ficamos na varanda ouvindo a cidade e por uns minutos senti uma felicidade imensa. Pensei: é aqui que eu quero estar.

– Vem aqui.

Andy me abraçou. Ficamos ali abraçados olhando a cidade. Depois fomos para o quarto.

– Nossa! Que gostoso estar aqui.

Andy começou tirando minha camisa e logo estávamos nus rolando pelo quarto. Transamos por horas. A primeira vez na cama e logo depois no chuveiro. Caímos cada um para um lado. Quando a luz começou a entrar no quarto, eu me levantei sem roupa e fui até a varanda. Logo depois Andy apareceu, e voltamos para a cama e ficamos vendo o dia clarear. Busquei água. Ele

acendeu um baseado e o cheiro da maconha era diferente de tudo que eu já havia sentido. Era um cheiro mais aromatizado.
— É o resultado de uma mistura de sementes. Muito bom.
Eu fumei um pouco e fiquei muito louco E a nossa foda depois dessa maconha foi algo inesquecível. Para toda a vida. Apagamos depois. Foi tão intenso. Tão perturbador. Tão irradiante que custei a dormir. Apagamos as luzes. O cheiro do quarto era diferente. Sexo misturado com cerveja, cocaína, maconha e saquê. Começamos a transar novamente. Suamos muito e gozamos finalmente. Não usamos camisinha e naquela hora não consegui me preocupar com isso. Todas as vezes que o Andy me comeu foi assim. Naquela noite ele gozou dentro de mim. Depois liguei o ar condicionado e parece que todos os cheiros se condensaram e formaram um novo cheiro.

Acordamos na sexta-feira às onze horas e vinte minutos. O telefone tocava. Era Felipe. Queria saber de tudo nos mínimos detalhes.
— Eu te ligo daqui a uma hora.

Transamos de novo direto sem comer nada antes, só água. Nossos corpos em perfeita sintonia. Eu estava cansado, mas havia uma felicidade em mim que me injetava energia. Não conseguia esconder meus sentimentos. Tomamos banho juntos. Depois fui para a cozinha e preparei ovos com *bacon, croissants*, geleia, torradas, café e suco de laranja. Coloquei tudo numa bandeja e levei para o quarto.
— Vou embora amanhã de manhã e quero ficar aqui com você. Mais tarde, se você quiser, podemos sair.
— Não tenho nada programado. Mas podemos sair para comer. Ou então ficar em casa. Posso fazer uma massa pra gente.
— Não, querido. Fique calmo e venha ficar aqui do meu lado.
Fui até lá e lhe dei um beijo. Ele me puxou para o sofá fiquei deitado com a cabeça em seu colo.

— Mais tarde vamos dar uma volta. Você quer correr no parque? O que acha?
— Quero sim. Boa ideia. Lá pelas cinco horas, tá bom?
— Tá ótimo — eu disse.

Tomamos café e Andy começou a falar no telefone sem parar. Ele foi para a sala e fiquei no quarto e dei uma ajeitada na cama e no banheiro. Olhei minha mala e me lembrei de Omar. 25 mil dólares. Eu poderia voltar para Nova York, alugar um apartamento por uns seis meses e tentar ficar com Andy.

— O que você está pensando aí deitado.
— Nada.
— Seu amigo Felipe está no telefone.
— Ah, obrigado. Oi Felipe, tudo bem?
— Vocês vão falar em português?
— Vou. Você se importa?
— Não, vou ficar por aqui ouvindo e tentando decifrar.
— Foi tudo bem. Na verdade foi incrível. Sei... Você quer vir para cá? Claro. Sem problema. A casa é enorme. Só não quero festa. Nem quero aquela pessoa por aqui. Não estou a fim. Ele foi muito grosseiro. Não gostei. Não precisa me pedir desculpas. Deixa pra lá.

Andy começou a beijar minhas costas. Eu me virei e peguei no pau dele que estava começando a ficar excitado. Ele tirou a cueca e continuei a brincar. A voz de Felipe continuava ecoando no telefone, mas agora toda a minha atenção estava voltada para o pau de Andy.

— Agora preciso desligar.

Desliguei o telefone e coloquei o pau dele na minha boca. Comecei a chupar como um bezerrinho faminto. Quanto mais eu chupava, mais ele se contorcia e murmurava coisas que eu não entendia. Fodemos até gozarmos juntos. Dormimos por uma hora. Depois, ainda com Andy dormindo deitado na cama, fui tomar banho. Demorei um pouco, sentindo um prazer enorme com a água fazendo massagem no meu corpo. Andy bateu na porta. Desliguei o chuveiro e abri a porta.

– Tem um cara aí. Quer falar com você. Acho que eu o conheço.
– Onde está ele?
– Na sala. Ele abriu a porta e já foi entrando. Disse que tinha a chave.

Fui até a sala, enrolado na toalha. Era o Jay. Tentava demonstrar serenidade, mas ele me pareceu angustiado.

– Oi Jay. Tudo bem?
– Desculpe, Pedro, mas meu irmão precisa de umas coisas que estão no cofre do quarto dele. Você se incomoda se eu pegar?
– Claro que não, pode pegar.

Jay entrou no quarto e abriu o armário do Roy. Dentro do armário, lá no fundo, tinha um cofre que ele abriu em segundos. Pegou um envelope e algumas folhas de papel, que pareciam contratos ou escrituras. Depois fechou o cofre, procurou um envelope nas gavetas e achou.

– Não se preocupe. Não está acontecendo nada demais. É que meu irmão precisa de uns documentos que estão aqui. Andy estava sentado na sala, fumando um cigarro, e fez um sinal para irmos pra varanda. O dia estava lindo. Já eram umas duas e meia da tarde e o sol estava quente. A paisagem da cidade era encantadora vista da varanda. Ficamos instantes observando o movimento da rua. Não se passaram dez minutos e Jay veio até nós.

– Já estou indo embora. Desculpe, Pedro, fique à vontade e desculpe eu ter vindo assim, sem avisar.
– Sem problema. Se precisar de algo, conte comigo.
– Olha, hoje o Omar vai oferecer um drinque na casa dele. Se vocês quiserem aparecer, serão bem-vindos.

— Ok, Jay. Vamos ver. Mais tarde eu falo com o Felipe e o Garret e vamos com eles. Que bom. Festinha na sexta-feira!

— Não vai ser uma festa. É mais um drinque, encontrar as pessoas. Mas, você sabe, acaba que vai virando uma festinha. Você vai conhecer a casa dele. Vai gostar.

— Com certeza vou sim. Corremos uns seis quilômetros no Central Park. Estava quente e Andy suou muito. Depois andamos, e finalizamos uma volta inteira pelo *reservoir* e fomos caminhando em direção ao Plaza, conversando amenidades.

— Eu corro mais. Mas este tênis que você me arrumou está um pouco apertado. Eu uso para correr 43 e esse é 41.

— Felipe e eu usamos o mesmo número.

— Você e Felipe são uma dupla incrível. São amigos há quanto tempo?

— Há dois anos conheci Felipe em São Paulo e desde então somos como irmãos. Você vai querer ir a essa festa hoje?

— Você é quem sabe. Vou embora amanhã cedo, não posso ficar até tarde. Planejamos passar o final de semana em Quebec. Temos uma casa lá também e depois vamos para a Escócia. Vamos ficar uns dez dias, e assistir a um festival e depois tenho que ir a Los Angeles. Era nisso que estava pensando. Você não quer ir se encontrar comigo lá? Vou ficar umas três noites mas, se você for até lá, posso dar um jeito e ficar mais duas noites.

Fiquei olhando para Andy um pouco e ri, sem falar nada. Ele parou e me encarou nos olhos.

— Você acha que é fácil para mim falar isso?

— Não, eu não acho. Você acaba de dizer "temos uma casa em Quebec" e depois fala "posso passar mais duas noites com você". Realmente eu não acho isso fácil. Acho complicado.

Andy saiu andando, sem falar mais nada. Seguimos assim, mudos, até chegarmos ao Columbus Circle e eu nem percebi que tínhamos mudado de direção.

– E agora? – Andy perguntou.
– Podemos pegar um metrô.
– Não é isso. E agora, o que fazemos de nós dois? Melhor eu ir dormir em um hotel e esquecer isso tudo.
– Por que não vamos para casa e lá resolvemos isso?

Andy saiu andando na frente, eu o vi de costas e realmente ele era muito *sexy*. Tinha uma altivez e uma atitude muito masculina. Pernas longas e coxas muito rígidas. Quando entramos no metrô, não resisti, o metrô estava cheio e eu rocei minha pica na bunda dele. Ele riu e falou baixinho.

– Filho da puta, tá achando que vai me comer?
– Tô achando sim – falei.
– Nem por um milhão de dólares.

Começamos a rir, enquanto falávamos pequenas sacanagens um para o outro. Até que chegamos ao apartamento.

Não deu nem para discutir. Em menos de dez minutos já estávamos na cama, transando. Foi muito intenso. Quando acabamos tudo, ficamos quase que adormecendo e a luz do sol foi diminuindo no quarto. Andy levantou correndo e, quando percebi, a voz de Eric Clapton estava ecoando pela casa. Andy entrou no quarto.

– Levanta e vamos dançar.

Abracei seu corpo nu e ficamos ali juntos, pelados, ouvindo *Wonderful Tonight*. Sussurrei no ouvido que queria ir encontrá-lo em Los Angeles.

– Vamos curtir tudo o que temos para curtir – ele falou, acariciando meus cabelos.

Lá pelas sete da noite Felipe entrou no apartamento. Ainda não estava escuro e nem tínhamos acendido as luzes da sala.

Estávamos na cama, ouvindo Mary Wells, que eu não conhecia bem. Andy colocou para tocar o LP *In and Out of Love* e estava me contando a estória dela. Felipe gritou lá da sala.

– Podemos entrar? Andy se cobriu com a colcha e ficou debaixo dela. Felipe e Garret entraram. Garret começou a dar gargalhadas e puxou a colcha. Andy ria e dizia:

– Você é culpado. Você é um escroto, armou esta para mim e agora vou ter que dizer que sou *gay* e estou apaixonado por um brasileiro.

– Vou colocar no noticiário de Montreal: "Andy Lafort é o mais novo *gay* da cidade".

Andy Lafort. Até então eu não tinha ouvido o nome dele completo.

Garret e Andy foram para a sala e eu fiquei com Felipe no quarto.

– E aí, como foi? – perguntou Felipe, curioso.

– Foi incrível. Foi intenso. Foi surpreendente. Eu acho que foi o melhor sexo que eu já tive na vida, até agora. E ele é sedutor, gostoso pra caralho. Não sei como vai ser isso.

– Vocês foderam quantas vezes desde ontem?

– Não sei, perdi a conta – eu disse. Acho que cinco vezes. E sempre aqui nesta cama. E no chuveiro também.

– Então vamos trocar esses lençóis – falou Felipe.

– Só você, Felipe, para me lembrar disso.

– Não custa nada.

Abri o armário onde tinha roupa de cama. Trocamos os lençóis e fronhas por um jogo cinza, que ainda estava com o plástico da lavanderia.

– Amanhã vem uma empregada aqui. Vamos colocar estes lençóis lá no banheiro. Tem uma gaveta lá de roupa suja, eu acho. Você vai no Omar hoje?

– Vou ficar um pouco, Felipe. Não quero ficar lá e perder esta noite. Amanhã ele volta para Montreal e não sei quando vou vê-lo de novo.

Felipe e Garret foram embora e já eram quase nove da noite. O que você quer fazer? – perguntou Andy. Quero bater perna por aí, encontrar um lugar gostoso, comer alguma coisa, passar lá no Omar e depois voltar. Andy deu um salto, ficou de pé, abriu sua mala, tirou uma camisa de malha cinza, e colocou um *jeans* branco e calçou um *dockside* azul.

– Tô pronto.

Fiquei me lembrando do ministro. Como ele demora para se vestir. Coloquei uma daquelas camisas de manga curta do Perry Ellis que comprei e uma calça *jeans*.

– Bacana essa sua camisa.

– Quer usar? Tenho outra. Pode usar esta.

– Vai ficar apertada, você é mais magro, mas eu quero usar uma coisa sua.

Partimos para a noite de sexta em Nova York. Acabamos pegando um metrô e fomos até Astor Place, e chegamos no Indochine a tempo de pegar a última mesa vaga, antes de lotar o restaurante. Bebemos e comemos mas, acima de tudo, rimos muito com as estórias de Andy no *show* business. O seu pai era amigo de Oscar Peterson e o ajudou no começo da carreira. Ele levava Andy ainda pequeno para *shows* de *jazz* no Canadá e nos Estados Unidos. Viajou de carro com o pai para Nova Orleans e foi a muitos festivais. Acabou se apaixonando por uma empresária e começou a trabalhar com ela quando tinha 20 anos.

Depois o *rock* e o *pop* tomaram conta de sua vida. Começou a fazer *shows* com Iggy Pop, The Animals, Eric Clapton, Lou Reed e agora David Bowie. Quando estava no terceiro saquê, ele foi ao banheiro e, quando voltou, ficou mudo um tempo e depois falou:

— Você quer dar um teco? Antes de sairmos de casa ele tinha feito duas carreiras grandes e cheirou sozinho. Depois perguntou se eu queria. Falei que sim e ele fez mais duas carreiras. Cheirei uma e ele a outra. E aquele teco no Indochine me deixou na fina linha entre a loucura e a lucidez. Andy não parava de me contar histórias dos bastidores da cena musical do *pop* internacional. Ele tinha pedido para jantar uma *Bouillabaisse* vietnamita, mas comia só os pedaços de peixe e separava os camarões. Então, enquanto conversava, eu catava os camarões do prato dele e ficava degustando. Depois comecei a falar. Andy ouviu minhas lamúrias. Falei um pouco sobre minha família e como eu me dividia entre meus pais. De repente ele perguntou a minha idade. Respondi que tinha 21 e faria 22 em setembro. Ele ficou me olhando com doçura.

— Sou doze anos mais velho que você. Como pode isso? Você aqui cheirando, eu transando com você como um homem e você ainda é um garoto.

— Isso é que é bom — eu disse sorrindo.

Segurei no pau dele dentro do táxi e ele se esticou um pouco mais para que eu pudesse ficar ali acariciando mais à vontade. Fomos até Sutton Place e já eram onze e meia quando chegamos à casa do Omar. O prédio era lindo. No elevador, quem subiu conosco foi o Daryl Hall, que era o cara da música do momento. Um cara que estava com ele conhecia Andy e já no elevador percebi que talvez não saísse da festa tão cedo quanto eu pensava. Entramos no apartamento. Estava tudo muito quieto. Na sala havia umas quarenta pessoas. Um clima pesado. As pessoas conversavam, mas o som era baixo, cuidadoso. Não conhecia ninguém. Não vi Omar. Jay estava em um grupo, conversando. Todos muito sérios.

— Onde está o Felipe? — Andy me perguntou.

– Eu não sei, vamos até aquela outra sala.
Não tinha varanda e comecei a sentir calor. Passou um garçom de preto com uma bandeja de *champagne*. A bebida estava gelada e desceu suave. Perto tinha uma mesa grande e redonda com frios e saladas. Atrás da mesa um quadro enorme horizontal, com um casal de cabeça para baixo. Achei um tanto perturbador, já que a tela ocupava quase toda a parede. Fiquei parado, olhando aquilo meio boquiaberto. Não sabia quem era o artista naquele momento, mas Jay surgiu naquele instante e me disse que era um trabalho de Georg Baselitz.

– O quadro é do meu irmão, mas ele não tinha onde colocar e deixou aqui com o Omar.

–Oi, Jay. Arte, de um modo geral, é algo que me fascina. Muito bom conhecer o trabalho desse artista. É forte e perturbador.

– O Baselitz é alemão e ele tem toda uma série de quadros em que seus personagens aparecem de cabeça para baixo.

– Que exótico! Meu amigo Andy você já conheceu, né?

– Oi irmão, tudo bem? A gente se conheceu lá no apartamento.

– Olá, Jay. Tudo ótimo. Incrível esta casa. É maravilhosa.

Jay sorriu. Depois me encarou com doçura.

– Pedro, o Omar me pediu para levar você até ele assim que você chegasse.

– Claro, vamos lá. Andy você se importa de ficar aqui um pouco? Já voltamos.

Claire, uma loura linda, maravilhosa, veio em nossa direção e falou com Jay.

– Deixa eu te apresentar o Andy, amigo nosso de Montreal. Você pode ficar por aqui um pouco com ele? Nós já voltamos.

Fiquei nervoso. A mulher era linda demais. Deslumbrante e ia ficar ali, conversando com Andy.

– Fodeu – pensei.

Atravessamos um corredor e lá no final tinha duas portas grandes. Jay bateu e entrou. Era uma enorme biblioteca com telão, lareira e dois Schnauzers lindos, prata. Uma escultura em ferro grande que ocupava todo um canto da sala e um lustre de cristal de várias cores. Umas quinze pessoas na sala e ainda tinha espaço. Sofás, poltronas e uma enorme mesa. Um janelão nos dava uma linda vista do rio.

Jay foi até onde quatro homens estavam conversando. Logo depois uma porta se abriu do outro lado da sala. Omar surgiu com um casal e na hora percebi que ele estava muito abatido. Parecia deprimido. Vestia um *jogging* vinho com uma camisa branca e alguns colares de ouro. Achei que ele estava parecendo um gângster.

Ele veio até mim e perguntou, meio olhando para baixo. Outra surpresa ali, até então não tinha dado conta de que Omar era da minha altura. Achava que era mais alto.

– Você vai amanhã para Roma?

– Não, vou no domingo.

– E quando você volta?

– Ainda não sei. Talvez eu vá para casa antes de o verão terminar. Talvez eu vá para o Marrocos daqui a 20 dias. Ainda vou decidir.

– Vê se me fala, quando você souber.

– Você tem alguma sugestão?

– Santa Lúcia, no Caribe. Você conhece?

– Não, nunca fui ao Caribe.

– Tenho uma casa lá, numa praia do caralho. Quando quiser ir, me fala. Quem sabe você não vai até lá antes de o verão acabar?

– Tá bom. Eu te falo.

– Sabe de uma coisa? Vem aqui comigo.

Segui Omar até o seu quarto, que era grande e todo branco, com uma cama muito espaçosa. Ele foi até um armário, abriu a

porta e mexeu em alguma coisa. Veio com uma linda pulseira de ouro com elos grandes.
— Me dá o seu braço direito. Seu relógio é muito bonito, tem que ficar sozinho no pulso esquerdo.
— Que é isso, Omar? Você não precisa fazer isso.
— Eu quero fazer isso. Nunca tinha dormido com um *gay* antes e dormi duas noites com você. E nem sei se foi só isso que aconteceu.
— Aconteceu o que tinha que acontecer.
— Você é maluco. Olha só, tenho uma coisa que você pode levar para o barco. Toma.
Ele abriu uma gaveta e tirou uma fita de papel. Foi até uma mesa, pegou uma tesoura e me deu um pedaço pequeno.
— É um ácido maravilhoso. Vai te fazer viajar para muito longe. Bom, é isso. Está cheio de mulheres que iam fazer qualquer coisa para estar aqui.
Eu me contive, pensei em perguntar: "e eu com isso?". Mas fiquei quieto. Voltamos para a sala, que agora estava mais vazia, e vi Andy sozinho no *buffet*.
— Vamos embora, acho que já deu — disse Andy quando me viu.
— Você viu o Felipe?
— Não, acho que ele e Garret não estão aqui.
Vi Carla, a mulher da loja. Acenei para ela, que me devolveu um sorriso apático. Sua presença ali me provocou um certo mal-estar. Olhei em volta e não tinha mais ninguém. O Daryl Hall já tinha ido embora. Mas havia chegado uma mulher grande, negra, cheia de personalidade, com uma blusa de *mousseline* preta que tinha penas. Usava uma capa enorme. Estava de pé e ocupava muito espaço.
— Você conhece essa mulher? — perguntei ao Andy.
— Claro que conheço. É a Patti LaBelle.

Às cinco da manhã, o dia já estava claro. Eu não tinha dormido nada, o quarto gelado. Andy estava sentado na cama. O som da sala entrava pelo quarto e eu ouvia o Daryl Hall cantando *Because your kiss is on my list*. Estávamos na cama havia horas, desde que chegamos. Transamos uma vez e depois começamos a cheirar sem parar e não conseguimos mais transar. Andy deitou por cima de mim e me agarrou por trás e passou o braço por debaixo do meu corpo e sussurrava no meu ouvido junto com a música "*because your kiss is on my list*". E assim ele foi ficando excitado e acabou me comendo. Depois apagamos.

Quando abri os olhos de novo eram umas oito e meia e Andy já estava pronto na minha frente. Ele sentou na cama e abaixou o rosto.

– Eu vou levantar.

– Não vai não. Olha pra mim.

Eu olhei direto nos seus olhos e ele colocou sua mão no meu rosto.

– Amanhã você vai para Roma e, daqui a vinte dias no máximo vamos estar juntos novamente.

Andy me deu um beijo e acariciou meu rosto.

– Vou para Los Angeles no dia 10 de agosto. Vai estar quente como o inferno! Vou ligar para aquele número que você me deu, dizendo o dia em que chego. Daí você vem de volta. Aqui vai ter uma passagem para você ir se encontrar comigo na Califórnia. Entendeu?

– Entendi... Mas será que não pode ser diferente?

– Diferente como?

– Irmos embora hoje, agora, juntos, para algum lugar.

Eu me levantei e fui até a janela. Olhei a vista lá fora, a cidade em movimento e uma sensação de vazio me preencheu. Senti uma onda bater na minha cabeça e me deu vontade de me jogar de volta na cama. Abri a cortina e fui até uma mesa perto da cama, achei uma caneta e um papel. Peguei minha carteira na calça. E Andy olhando para mim, com sua mochila pendurada e seu *blazer* na mão. Escrevi meu nome completo: Pedro Régis Oliveira. Embaixo copiei o número do telefone da fazenda.

– Aqui está meu nome completo para você comprar a passagem e o telefone do barco e o telefone da minha casa no Brasil. Manda seu telefone para eu te ligar de lá. Quando você disser vem, eu venho. Tá bom assim? Não quero que nossa história acabe aqui.

– Meu telefone você tem – disse Andy.

– Tenho.

– Então é isso.

Andy me puxou e me abraçou. A gente se vê em breve.

Fiquei sozinho e aliviado. E ao mesmo tempo satisfeito. E com uma tristeza que era maior que eu. Atingia a cidade. Como se a cidade tivesse ficado triste por mim.

O telefone tocou às onze e meia. Era Felipe. Eu não conseguia raciocinar direito. Troquei algumas palavras com ele e apaguei. Dez minutos depois, Felipe bateu no meu quarto. Mandei entrar.

– Que quarto gelado. Vou abrir um pouco a cortina – disse Felipe.

Fui me virando e me espreguicei. Agarrei um travesseiro e fechei os olhos.

– Andy foi embora, murmurei.

A voz de Felipe ecoou melancólica e sombria.

– Aconteceu uma coisa superchata. O Roy, o dono deste apartamento, morreu hoje cedo.

Um sentimento estranho tomou conta de mim. Levantei da cama. A palavra aids surgiu na minha mente como uma maldição.

— Bem que eu achei aquela festa de ontem muito estranha. Um clima sombrio.
— Coitado do Jay. Ele ama tanto o irmão.
— Soube outro dia que o Roy tinha aids e estava internado no Lennox Hill. Foi a Carla, dona de uma loja onde comprei umas roupas que me contou. Ela me reconheceu daquela noite em que conheci Jay e Omar e acabou me falando da doença do Roy. E você nem me disse nada.
— O que adiantava eu te contar esta história? Era capaz de você nem querer vir para cá. Você é muito careta, Pedro.
— Eu sou careta? Tá bom. Eu não quero entrar no tráfico, então eu sou careta. Entendi o raciocínio.
— Bom, agora levanta da cama. Põe uma roupa e vamos até o hospital.
— Por que temos que ir até o hospital?
— Por uma questão de solidariedade humana. Temos que ir lá e nos colocar a disposição para o que eles precisarem. Garret já está lá com o Jay, que está devastado. Omar sumiu desde ontem. Não está em casa. Passamos lá e ele tinha saído desde as cinco da manhã.

O Lenox Hill é um grande e tradicional hospital de Nova York, localizado no Upper East Side, que existe desde o século XIX. Desde o momento em que chegamos à entrada do hospital até conseguirmos localizar o quarto onde Roy estava internado, eu ouvi a palavra aids dezenas de vezes. Além de ter visto a palavra escrita em diversos lugares. Era epidêmica a palavra e ela se espalhava pelos corredores, pelos quartos e pelas pessoas. Era um turbilhão de vozes e minha cabeça pesava. Chegamos a um corredor silencioso e comprido no décimo segundo andar. Na recepção do andar ficamos esperando até que finalmente Jay e Garret vieram. Jay estava arrasado e sua expressão de dor era perturbadora. Garret também sofria e, quando ele abraçou Felipe, ambos começaram a chorar aos soluços. Instantes. Então nos sentamos no sofá.

— Quando vocês viajam? — perguntou Jay, enxugando as lágrimas com um lenço azul.

— Nós vamos amanhã à noite. Se você quiser, podemos tirar nossas coisas do apartamento ainda hoje.

— Não é necessário. Algumas pessoas da nossa família vão vir na segunda. O funeral é na terça, mas queremos oferecer alguma coisa na casa dele, após a cerimônia, para a família e amigos mais próximos.

Ficamos ali por quase uma hora e, quando descemos, tudo estava resolvido. Jay tratou de todo o serviço funerário do irmão e depois nos convidou para almoçar. Sábado. Já eram umas duas e meia da tarde e Jay sugeriu que fôssemos ao *Peter Luger Steak House*, no Brooklyn. Entramos num táxi e seguimos em silêncio, observando as ruas, o trânsito, os edifícios e as pessoas de Nova York.

— Consegui falar com o Omar. Ele vai lá nos encontrar — disse Jay.

— Ele está bem? — perguntei.

Jay meneou a cabeça.

— Omar e meu irmão eram muito próximos.

Atravessamos a *Brooklyn Bridge* e fiquei pensando naquela atmosfera de epidemia que vi no hospital. De alguma forma aquilo me assustou. Senti vontade de chorar, mas engoli o choro. Chegamos rápido ao restaurante. O trânsito estava livre e cruzamos a cidade em pouco mais de vinte minutos. O restaurante estava lotado. Conseguimos uma mesa para seis pessoas. Jay pediu carne para todos. Achei ótimo, queria mesmo comer um filé. Decidi tomar uma cerveja e pedi uma *India Pale Ale*.

Omar chegou acompanhado de duas garotas. Jay se levantou e eles se abraçaram como irmãos e começaram a chorar. Foi bonito de ver. Fiquei até emocionado. Garret levantou e também abraçou Omar. Fiquei emotivo e resolvi ir ao banheiro. As meninas sentaram e foi Felipe quem chamou o garçom e providenciou tudo para elas.

O almoço correu bem. Foi reconfortante. Até que Omar disse que queria ir para o apartamento do Roy e dormir lá. Ele parecia melancólico e angustiado.

– Não quero ficar sozinho hoje.

– Ninguém vai ficar sozinho hoje. Saindo daqui, vamos todos lá pra casa – disse Jay.

Eu só queria dormir um pouco e ir para a casa de Jay significava drogas, bebidas e nem sei mais o quê. Fomos assim mesmo. Jay morava no Village. Um apartamento muito *clean*, sem muito móveis e algumas esculturas. Só que todas as paredes eram de vidro, com leves cortinas de linho. Com o dia ensolarado tudo estava lindo. O jardim cheio de azaleias brancas floridas. E uma raia para nadar, de uns dez metros, debruçada sobre Manhattan, levava a cobertura para outro nível. No terraço tinha uma escultura de Jeff Koons, que dava a impressão de que tanto a casa quanto a piscina estavam ali apenas para contemplar a escultura. Num ímpeto de curiosidade, perguntei a Jay se ele morava ali sozinho.

– Você não tem namorada, mulher, uma amante...?

Jay riu e, por instantes, a expressão de tristeza se afastou do seu semblante.

– Eu era noivo, mas Omar não me deixou casar. Disse que eu era muito novo e que precisava curtir mais a vida. E agora estou assim. Semana que vem vou para Istambul e Grécia e fico na Europa por dois meses. Quando voltar, penso se caso ou não.

Jay fez uma pausa. Pensei que ia começar a chorar, mas ele engoliu o choro e respirou fundo. Mesmo assim a expressão de tristeza voltou a tomar conta do seu rosto. Sua voz saiu triste e dolorida.

– Agora muita coisa vai mudar na minha vida. Meu irmão sofreu muito com essa doença. Sentiu dores horríveis. Viu seu corpo definhar de um jeito cruel, já que era um homem tão bonito. Até eu me recuperar de ver tudo por que o Roy passou, vai demorar muito.

Lágrimas começaram a escorrer dos seus olhos, mas ele se manteve firme.

– Você não chegou a conhecer meu irmão. Era um cara alegre, muito generoso e com um bom gosto para tudo. Era amigo de pessoas incríveis, gostava da vida e do mundo. Ele me ensinou muito sobre o mundo, a vida, as pessoas. E não sei como vai ser agora.

Dei um abraço em Jay e não falei nada. Não tinha o que dizer. Ficamos abraçados algum tempo. Daí a casa foi enchendo de gente que ligava e perguntava se podia vir vê-lo. Na maioria, os mesmos amigos de Roy, Jay e Omar que estavam na festa sombria da noite anterior. Chegaram bebidas, dois ajudantes e Garret mandou vir comida. De repente virou uma festa. Tomei dois Bloody Mary e comi uns *crab cakes* que chegaram ainda quentinhos. Sanduíches de *pastrami*, canapés de queijo e camarão. Então começou o *sunset* e Nova York ficou mais bonita vista da cobertura. Só não tinha som. Apenas as vozes das pessoas falando baixo. Algumas pessoas trouxeram peônias brancas que foram colocadas na sala e no terraço. Depois daquele dia, peônias ficaram para mim como as flores que representam Nova York.

Garret me chamou na cozinha.

– Eu vou levar vocês amanhã, tudo bem? Omar me mandou alugar uma "limo". Vocês vão em grande estilo para o aeroporto.

Ele gosta de você, cara. Tô fazendo essa *margherita* para ele. Toma. Leva para o Omar.

Não sei por que, mas senti meu coração bater forte naquele momento em que atravessei o apartamento com aquela taça na mão. Omar estava no terraço e conversava com um cara que parecia mexicano ou porto-riquenho.

– Omar, o Garret fez esta especialmente para você.
– Obrigado, Pedro. Essa é a melhor *margherita* de Manhattan. Você conhece meu amigo José Vargas?
– Não, como vai? Você é mexicano? – puxei assunto para ver se saía daquele clima.
– Não, eu sou americano, mas meus pais são colombianos. Meu pai foi embaixador e quando nasci ele estava em Washington. Tenho um irmão que nasceu no Brasil.

Conversamos mais um pouco e subitamente acendeu uma luz na minha cabeça. Chamei Felipe para que a gente fosse embora.

– Fazer o quê em casa? Nossa última noite aqui em Manhattan. Já que estamos aqui, vamos ficar.

Por volta de dez da noite o apartamento estava mais vazio e ouvi uma música lá no fundo – um *jazz* meio triste – e perguntei quem era para Garret.

– O Jay gosta de John Coltrane, então deve ser um disco dele.

Até então eu não tinha olhado muito para Jay e naquela noite percebi como ele era chique, com seu jeito de homem que ainda não tinha crescido. Ele era o porto seguro de Omar, ainda mais agora sem o irmão mais velho.

Felipe estava no quarto com Garret e o telefone tocou. Olhei no meu relógio e eram duas da manhã. Virei-me na cama e atendi o telefone.

– Sou eu. Andy.

– Oi, Andy. Que surpresa!
– Queria saber se está tudo bem.
– Tá sim. Já estou deitado e você está num lugar onde tem barulho.
– Acabou um *show* aqui em Quebec. E já estou voltando para casa.
– Garret me achou aqui em Quebec. Ele me contou que o Roy morreu.
– Foi muito triste. Um clima muito pesado...
– Você vai me prometer que vai se cuidar – disse Andy.
– Vou sim, vou me cuidar. Fica tranquilo.
– Acho que lá pelo dia 10 vamos estar juntos.
– Que bom. Tenho que ir. Beijo.

Fomos tomar café da manhã perto de casa: eu, Felipe e Garret. Nova York parecia melancólica naquela manhã. Sentamos na varanda do bar para ficarmos observando o movimento da rua.

– Ontem pedi demissão do Michael´s , falou Garret. Sim, vou trabalhar com Omar e com Jay. Antes de vocês chegarem ao hospital, estive no restaurante e acertei tudo. Agora, só falta vocês voltarem.

– Eu não vou voltar – disse Felipe. Não gosto desta cidade. Gosto de você, Garret, mas não me peça isso. Ontem foi demais para mim. Esta cidade fede a Aids. Só se fala nisso, não existe outro assunto. Estou louco para ir embora daqui. St. Marks Baths aberta, com todos transando o tempo todo. O Roy morreu, fulano morreu, outro no hospital, só escuto isso. Desde que começamos a sair, o assunto é só esse e agora a tal da camisinha. Vamos ter que transar todos de camisinha.

– Se você não quiser morrer, vai ter que se acostumar.
– Você ontem transou comigo sem camisinha.
– Porque você quis.

– Por favor, vocês estão falando alto.
– Caguei. Este é o assunto que todos falam nas mesas.
– Calma, Felipe, calma.
– Tô cansado, Pedro. Muita hipocrisia esta cidade, este país. Tenho certeza de que foi algum laboratório americano que inventou essa praga para ganhar mais dinheiro e matar todos os veados.
– As coisas não são assim – disse Garret.
– O que você sabe disso Garret? Você é cientista?
– Você esta sendo rude comigo.
– Não estou sendo rude. O fato é que os donos de laboratórios americanos e o governo estão se lixando para homossexuais, drogados e hemofílicos. Para eles é tudo escória.

Garret ficou mudo. Felipe ficou ofegante. Parecia a ponto de explodir. Ele continuou esbravejando. Estava nervoso.

– Outra coisa, Garret, fala para esse Omar que nós não somos bichinhas mulas que precisamos desses trocados.

Garret me olhou. Parecia incrédulo. Eu ia começar a falar algo, mas Felipe me interrompeu de um jeito rude, falando no bom e velho português.

– A senhora fica calada!
– Vai baixar uma negrinha do Bronx agora?
– Meu amor, você fode com um ministro, esqueceu? Não faz a tonta, enlouquecida pela pica do bofe canadense. Só falta agora nós sermos presas e você ligar pro ministro e pedir para ele nos soltar.
– Felipe, olha só, não vou ligar para o ministro porque eu não vou ser preso. E quanto ao bofe canadense, sei bem o que estou fazendo. Tá boa, santa?

Garret acendeu um cigarro, Felipe outro e eu acendi um também. Por alguns momentos, ninguém disse nada. Apenas a fumaça dos cigarros parecia ter vida. Ficamos ali sentados do lado de fora, vendo as pessoas passarem, até que Felipe falou:

– Vamos tomar um *champagne* para brindar nossa sacudida estadia em Nova York.
– Vamos sim – eu disse.
Fechei a porta do apartamento. Entramos no elevador e Felipe resmungou algo.
– O que foi agora?
– Nada. Estava louco para sair desta casa. Desde que cheguei sinto a presença desse Roy. Você viu que eu quase não entrei aí.
– Mas foi você quem escolheu este apartamento.
– Eu não sabia que era desse moribundo. Logo depois que saí do encontro com Mr. Gibb Omar, o Garret falou do apartamento. Eu achei legal. Não tínhamos muitas opções e ele disse que a cidade estava lotada e que a gente ia pagar muito caro por um quarto de hotel. E foi isso.
Entramos na "limo". Era toda branca e Felipe logo reclamou:
– Garret, não tinha outra cor?
– Não. Eu gosto de branca.
Garret nos serviu duas taças de *champagne*, abraçou Felipe e lhe deu um beijo cinematográfico. Rimos um pouco, mas Garret estava triste, na verdade. Era possível ver a tristeza no rosto dele. No momento em que ele deu uma suspirada, fiz a pergunta indiscreta.
– Você e o Roy tiveram um caso?
– Claro que tiveram, né Pedro? – Felipe falou, interferindo no diálogo.
– Há uns cinco anos conheci Roy e ficamos juntos. Mas logo ficamos amigos. Foi quando ele me apresentou ao irmão e a Omar.
– E Omar, foi caso dele?
– Não, de modo algum. Omar é como alguém da família. Eles se conhecem desde garotos.
– E daí? – Felipe questionou.

– Não, eles nunca tiveram nada. Roy nunca me falou.
– Tem telefone na "limo"? – perguntei.
– Tem.
– Vamos ligar para o Omar e perguntar – disse Felipe.
– Não. O que é isso, Felipe? Ficou maluco?
– Como você defende ele – falou Felipe.
Houve uma pausa naquele clima tenso.
– Trouxe uma coisa para vocês – disse Garret.
E nos mostrou dois tubos de charuto do tamanho de uns 20 centímetros. Desenroscou uma tampa e o tubo estava cheio de um pó extremamente branco.
– A cocaína mais pura da cidade. Podem experimentar.
Coloquei um pouco entre a cavidade do polegar e cheirei. Aquilo deu um soco dentro da minha cabeça. Parecia anfetamina pura. Felipe fez o mesmo e Garret também.
– Onde ele quer que a gente enfie esse tubo? – perguntou Felipe, já sabendo a resposta.
– No cu, não é, tolinho?
– Ele é maluco. Eu hein, Pedro.
– Vamos ligar para Omar – falei.
– Olha. O que vocês vão dizer?
– Eu não vou dizer nada – disse Felipe.
Garret ligou e me deu o telefone.
– Está na secretária. Fala e fica ouvindo.
– Omar, sou eu, Pedro. Tudo bem? Estou ligando para agradecer seu presente e dizer que você fique bem. E que eu nunca vou esquecer a nossa noite de amor.
Tive um ataque de riso. Comecei a rir sem parar. Ele atendeu.
– Oi, seu veadinho. Vou mandar te pegar em Roma e te dar um cacete.
– Omar, *my love*, eu queria...

Comecei a rir novamente. Não conseguia parar.

– Vocês estão no carro com esse outro veado, que só me perturba. Gostaram da "limo"?

– Bem, Omar, ele pegou a gente com uma "limo" branca. Estou me sentindo a amante do traficante.

– Hum... Como ele não tem gosto, Garret podia ir para Roma com vocês. Bom... Faça uma boa viagem. Estou esperando aqui na volta.

Então ele desligou, sem dizer mais nada.

– Omar não gosta de falar no telefone – disse Garret.

No saguão do Kennedy Aeroporto, antes de chegar ao balcão da Alitalia, Felipe foi logo direto ao assunto.

– Vamos logo enfiar essa porra no cu. Se colocarmos na bolsa, vai parecer uma bala de matar elefante e vão nos parar.

– Tá bom, mas precisa ser antes de fazer o *check-in*. Vamos resolver isso. Depois de passarmos pela polícia, fica tudo resolvido.

– Preciso de um seconal. Você tem? – perguntou Felipe.

Eu estava colocando minha bolsa no bagageiro em cima da poltrona. Abri minha bolsa para pegar o sedativo e vi o tubo com a cocaína.

– Vamos ter que enfiar de novo isso no rabo antes de desembarcar?

– É bom, né. Nunca se sabe – respondeu Felipe.

Peguei meu seconal e dei um para Felipe.

– Você vai dormir com isso enfiado no rabo?

– Claro que não. Vou ao banheiro antes de aterrissar.

O voo foi tranquilo. Quando acordei, faltava uma hora para chegar a Roma e Felipe roncava ao meu lado. Classe turística. Todos os lugares ocupados. O avião deu aquela chacoalhada. E mais uma. Então o bagageiro se abriu e minha bolsa caiu no corredor. Meu coração disparou. Ela estava fechada graças a Deus. O comissário veio lá de trás e me ajudou a colocar de novo no bagageiro. Olhei para as mãos dele, quando ele colocava a mala lá em cima, e vi uma mancha no pulso. Tipo um sarcoma. Ele percebeu que eu vi e sua testa se contraiu. Na hora me deu um frio na espinha. Aquilo parecia estar em toda parte. Felipe tinha acordado e sua voz sonolenta ecoou no meu ouvido.

– Eu odeio Nova York – ele disse. Nunca mais volto lá. Só gente doente.

A aeromoça serviu o café da manhã. E, antes de ela retirar a bandeja, dei uma cochilada.

– Estamos chegando – disse a aeromoça.

– Posso ir ao banheiro?

– Vá rápido – ela disse.

Fui até o banheiro com meu *nécessaire* e novamente introduzi o tubo no meu cu. Ri sozinho do ridículo daquela situação. Lavei as mãos, depois o rosto e escovei os dentes. Felipe estava na porta para entrar e antes dele havia uma mulher. Voltei para meu lugar e sentei o mais confortável possível com aquele objeto estranho dentro de mim. Pouco depois Felipe veio e disse que o avião já ia pousar e não teve tempo de introduzir seu canudo no compartimento secreto.

– Tudo bem, Felipe. A gente dá um jeito.

Saímos do avião e o aeroporto Leonardo da Vinci estava quente. Calor e umidade.

– Como vai ser agora? Será que tem um banheiro até chegar às bagagens? Bom, vamos ver aqui primeiro como fica. Você quer me dar o seu tubo? Eu estou bem seguro. Dormi bem.

Felipe parou, abriu sua bolsa e por debaixo da sua jaqueta de couro me passou o canudo.

– Eu vou na frente, ok?

Fiquei esperando minha vez no guichê da polícia italiana atrás de uma mulher muito bonita, que devia ter uns 40 anos. Ela parecia americana, alta e loura. Eu a conhecia de algum lugar.

Não me lembrava exatamente de onde. Passei pelo controle do passaporte e fui caminhando para as bagagens e elas começaram a aparecer depois de alguns minutos. Eu estava de um lado da esteira e preferi não olhar para Felipe. Então me fixei na mulher. Estava ao lado dela, quando ela puxou a bagagem. Eram duas malas. Eu me ofereci para colocar as malas no carrinho. Ela agradeceu e então criei coragem e perguntei:
– Desculpe, mas você não é a Cybill Shepherd?
– Não. Eu não sou a Cybill Shepherd. Muito obrigada. Você é muito gentil.
– Eu podia jurar que você era ela. Mil desculpas. Eu já ia até te pedir um autógrafo.
Rezei para minha bagagem aparecer logo. Para minha surpresa, a mulher me fez uma pergunta.
– Você vem sempre a Roma?
Era disso que eu precisava. Comecei a contar da viagem de barco que ia fazer com meus amigos. Que tinha vindo antes a Roma duas vezes com o meu pai. E que esta era a minha primeira vez sozinho. Vi minha bagagem vindo na minha direção.
– E você? – perguntei.
Ela contou que era casada com um italiano e que tinha dois filhos, morava próximo à Piazza Cavour e fazia mestrado em filosofia. Ela continuou a falar e minha bagagem chegou. Fomos caminhando para a barreira policial, onde havia uma fila, e ela me perguntou o que eu fazia.
– Eu estudo cinema em São Paulo.
Ela me olhou de um jeito estranho.
– São Paulo?
– Sim, São Paulo, no Brasil. Eu sou brasileiro.
Ela ficou visivelmente atônita, quando eu disse que era brasileiro.

– Você fala inglês tão bem. Pensei que fosse americano.
– Você já esteve no Brasil?
– Claro que não. É muito longe.

Ela subitamente perdeu o interesse na conversa, mas eu me esforcei para continuar o papo com ela. Queria dar a impressão de que tínhamos viajado juntos.

– Um motorista de uma amiga vem me pegar. Se você quiser, posso te dar uma carona até Roma. Será um prazer.
– Ah, não. Vai te dar trabalho. E meu marido vem me buscar.
– Que marido gentil.

Dei uma pinta, ela riu e engatou um papo.

– Você sabe... Somos casados há 18 anos. Ele foi meu primeiro namorado...

Então ela entregou o passaporte e passou. Em seguida dei o meu passaporte para o policial que estava após as bagagens e passei. Agora não me interessava mais estar conversando com ela. Deixei-a falando sozinha. Disse apenas que precisava ir ao banheiro e saí andando, sem nem dizer até logo para o clone de Cybill Shepherd. Saí andando, procurando um banheiro. Não sentia mais o tubo no meu ânus. Tinha engolido, sei lá. No banheiro tentei tirá-lo, fazer força e colocar o dedo dentro do cu, mas não o sentia. Fiquei preocupado, saí do banheiro e acabei saindo do aeroporto. Não vi Felipe. Acendi um cigarro. Fumei um cigarro e depois outro. Felipe não aparecia. Voltei ao banheiro e nada. Finalmente, Felipe apareceu.

– Não acredito. O que houve?
– Abriram minha mala! E tinha outras pessoas sendo revistadas. Pouca gente trabalhando. Esperei para me liberarem meia hora. Mas deu tudo certo. E você?
– Tô aqui pensando no que fazer. Esse canudo tá dentro de mim e não quer sair. Fui ao banheiro e nada. Não consigo tirar e

não tenho vontade de cagar. Não sei o que fazer. Estou começando a ficar nervoso.

– Calma, querido. Nós vamos dar um jeito. Primeiro a gente precisa ir embora deste aeroporto. Melhor irmos pegar o trem.

Tomamos um táxi em direção à estação de trem e atravessamos Roma por fora da cidade, evitando ruas e avenidas de muito movimento. Fazia calor e a vida fluía normalmente naquela manhã de segunda. Chegamos à estação e compramos dois bilhetes para o trem das dez e cinco. Ainda tínhamos uns quarenta minutos. São três horas até Livorno. Felipe ligou para o número do barco. Queria saber se o Andrew poderia nos esperar na estação. Usou um telefone público com moedas. Felipe falava italiano muito bem, melhor do que o inglês. Eu arranhava um pouco. Ao longo dos anos, fui melhorando. Felipe voltou do telefone.

– Falei com um cara. Um tal de Pippo. Ele vai avisar ao Andrew. O telefone é perto do barco. Eles chegaram sábado e estão nos esperando para zarpar hoje à noite.

Foram três horas intermináveis. Tomei duas cocas e Felipe comprou uma garrafa de suco de laranja e acabou dormindo. O trem era confortável e novo. Estiquei meu corpo na poltrona e um tempo depois fui ao banheiro novamente. Nada. Um zero total. Não sentia nada. Fiquei um tempo em pé. Sei lá, não sabia o que fazer. Pensava em todas as possibilidades. Não poderia ir para um hospital. Iria preso quando os médicos descobrissem o que havia dentro do canudo. Tinha que ficar calmo e esperar. Confiava que Andrew teria uma solução. E se ele não tivesse? Felipe acordou.

– Estamos chegando?

– Ainda faltam uns quarenta minutos. Ainda bem que pegamos um trem direto.

– Conseguiu ir ao banheiro?
– Fui, mas não adiantou nada. Parece que estou com prisão de ventre. Não posso ir para um hospital, Felipe. O que eu vou fazer?
– Bom... Em ultimo caso, alguém vai ter que enfiar a mão aí dentro e tirar, não é?
– Puta que pariu! Como assim?
– Ué, Pedro? Que outra ideia você tem? Os médicos vão fazer a mesma coisa. Tomar um laxante e esperar não vai resultar.

Chegamos à estação no horário. Pontualmente. Descemos do trem e logo vimos Andrew. Ele foi muito afetuoso.

– Vamos para o carro, meninos. A condessa está nos esperando para zarparmos e decidirmos o que vamos fazer. Que tal ficar dez dias na Córsega? Depois vamos aonde o vento nos levar. Para quando vocês marcaram a volta?

– Marcamos para daqui a vinte dias – disse Felipe –, mas podemos mudar. Aliás, eu vou ficar aqui na Itália. Se der, vou morar aqui – completou Felipe.

– Quantas mudanças – disse Andrew.

– E você, Pedro?

– Eu estou fudido. Todo fudido.

Andrew me olhou e percebeu que algo não estava bem. Eu não sabia o que dizer para ele. Caminhávamos para a saída. Foi então que Felipe disse:

– Andrew temos um problema.

– Vamos lá. No que eu puder ajudar, podem contar comigo.

Felipe andou uns dois passos para o lado e começou a contar o meu drama para Andrew. Eu ouvia a narrativa dele e me sentia constrangido com toda aquela situação.

– É... Realmente tenho que pensar um pouco. Vamos sentar ali naquele bar. Você está sentindo alguma coisa, Pedro?

– Não, apenas um desconforto com essa situação.

Sentamos no Café Due Fratelli, eu pedi um *cappuccino*. Andrew e Felipe pediram café expresso.
– Vocês querem comer algo?
– Não consigo comer nada, mas Felipe eu não sei.
– Não estou com fome agora – disse Felipe. Quero resolver logo isso.
Comprei cigarros Marlboro, vi um bolo no balcão e resolvi comer um pedaço.
– Alguém quer uma fatia de bolo?
Eles não queriam comer. Uma ansiedade dominava o ambiente. Felipe acabou falando o que eu temia.
– É Andrew, acho que não vai ter jeito. Você vai ter que enfiar a mão no cu do Pedro e achar esse canudo.
– Não é assim, Felipe. Vai que ele não quer fazer isso?
– Bom, Pedro, para o hospital você não pode ir. Alguém vai ter que fazer isso. Desculpe, mas eu não vou conseguir. Já que ele está aqui e é nosso amigo...
De repente notei que Andrew parecia se divertir com aquela situação absurda.
– Calma, rapazes. Estou pensando qual é a melhor maneira de fazer isso. Já sei. Vamos ali no Hotel Stazione. Vocês vão se hospedar lá, pois precisamos de uma suíte para fazer o serviço. Vou deixar vocês no hotel e vou precisar comprar umas coisas. Aguardem por mim. Não vou demorar.
O Hotel Stazione era simples e simpático. Conseguimos um quarto e explicamos que íamos ficar apenas algumas horas, pois estávamos esperando o cair da noite para embarcamos num barco para a Córsega. Só queríamos descansar um pouco. Sem problemas – disse o gerente, um senhor muito gentil que nos recebeu muito bem. Ele nos ofereceu um cardápio e Felipe pediu uma massa e uma garrafa de vinho. Pediu o vinho mais caro para

alegria do gerente. Pagou tudo em dólar. O gentil gerente ainda trocou mil dólares pra gente. Todos felizes. O quarto tinha duas camas e um banheiro. Arrumadinho e limpo.

– E se o Andrew nos deixar aqui?

– Você está maluco, Pedro? A troco de quê ele faria isso?

– Sei lá. Tô maluco, sim. Como posso ficar tranquilo com esse tubo de cocaína enfiado no meu rabo podendo estourar a qualquer momento? O Andrew pode ter ficado de saco cheio de tudo isso e ido embora com o barco, e nos deixando aqui com esse canudo.

– Se eu fosse você, ia tomar um banho bem tomado. Tem que se lavar bem, porque você vai levar uma dedada de que não vai esquecer tão cedo.

Duas horas depois o telefone tocou. Era da recepção e o gerente disse que tinha um americano lá embaixo. Andrew queria subir.

– Finalmente ele chegou – suspirou Felipe, abrindo a porta do quarto antes mesmo de Andrew subir.

Andrew entrou no quarto carregando uma sacola. Ele sorria levemente e, mais uma vez, achei que ele estava se divertindo com aquilo tudo.

– Bom – disse Andrew, trouxe umas coisas aqui que podem ajudar.

Ele abriu uma sacola e tirou um galão de um liquido transparente, uma bacia e um par de luvas de borracha.

– Isso aqui é um lubrificante que os veterinários usam para fazer o toque em animais. Fui comprar fora da cidade, numa loja de produtos veterinários, por isso demorei.

– Coragem, Pedro. Não tem o que pensar. Ou é isso, ou é o hospital – disse Felipe.

– Preciso misturar a vaselina lubrificante com um pouco de água para ficar mais líquido.

– Ok, vamos fazer isso logo. Seja o que Deus quiser.

– Não tem perigo? – perguntou Felipe.
– Ele tem que confiar e ficar relaxado.
Andrew começou a vestir as luvas de borracha. Depois começou a lambuzar suas mãos enluvadas com o lubrificante.
– Ele confia em você, Andrew. Mas tudo isso é constrangedor. Não sei se ele vai conseguir relaxar.
Andrew sorriu.
– Você tem que ficar de quatro. Acho que essa é a melhor posição.
– Ah, para! – falei para Andrew.
– Você vai ficar quieto, respirar fundo e procurar relaxar. E você, Felipe, pega umas toalhas no banheiro e depois vai tomar um drinque lá embaixo. O que vai acontecer aqui é apenas entre eu e Pedro.

Felipe deu uma risada, pegou as toalhas no banheiro e, antes de sair, ainda me disse uma gracinha em português.
– Não adianta ficar putinho, meu bem. Relaxa o cu e aproveita a dedada.

O que aconteceu depois foram momentos de dor e angústia. Andrew foi paciente e delicado. Primeiro ficou me cutucando com apenas um dedo. Fui relaxando aos poucos, então ele enfiou o segundo dedo e, antes que eu pudesse pensar já havia um terceiro dedo dentro de mim. Vi que ele tirou a luva e enfiou a mão direita toda na bacia que estava cheia daquele líquido. Ele fazia movimentos circulares com os dedos enquanto me lambuzava com o lubrificante que era anestésico.

– Relaxa um pouco agora, que eu já senti o tubo e falta pouco para chegar lá.

Andrew não parava um instante de me cutucar. Agora ele tentava passar o punho e, para atingir seu objetivo, me lambuzava ainda mais com o lubrificante. A dor era grande. Senti uma vertigem. Pedi para ele parar, mas ele foi firme no seu objetivo.

– Calma, garoto. Agora respira fundo e prende o ar. Eu puxei o ar e ele, sem piedade, me enfiou toda a sua mão e foi tirando devagar, puxando o tubo. Seus dedos apertaram o tubo como se fosse um alicate e eu senti o tubo saindo de dentro de mim junto com a mão de Andrew.

Alívio não é a maneira exata de explicar o que senti. Alívio é uma palavra que não completa os fatos. Alívio imediato foi o que senti, seguido de um torpor. Meu corpo latejava e vibrava de angústia e medo. Andrew deu um tapa na minha bunda e disse: "acabou". Eu me estiquei de bruços e fiquei ali, em estado catatônico, enquanto ele foi ao banheiro. Agora eu não sentia nada, estava anestesiado. Não conseguia contrair um músculo. Achei que não ia conseguir me levantar. Contei mentalmente até dez. Sentei na cama. Só me sentia humilhado. Me levantei e me estiquei, mas não consegui contrair meu ânus. Entrei no banheiro e Andrew estava lavando as mãos e tinha tirado a camisa.

– Vou tomar um banho.

Deixei a água fria cair sobre o meu corpo e fiquei ali quieto, tentando não pensar em nada, apenas sentindo o toque da água no meu corpo.

– Não vamos falar nada disso para Eugenie – disse Andrew.

– Claro que não.

Fechei o chuveiro e abri a porta do box. Pedi uma toalha, mas Andrew disse que não havia mais toalhas. Estavam todas sujas. Andrew me passou a toalha de rosto que estava no banheiro, então me sequei com ela. Andrew despejou o líquido todo da bacia na privada e depois jogou as toalhas na bacia, que encheu de água e deixou em um canto do banheiro. Felipe reaparece.

– Felipe pega aquele prato ali. Andrew estava sentado na cama, sem camisa. O quarto tinha um ventilador no teto, e uma mesa, cadeira, cama e um armário.

Felipe tirou o resto de comida do prato e lavou o prato no banheiro.

– Vou colocar um pouco para nós aqui, só para sentir o potencial disto que fez vocês correrem tantos riscos. Eu não cheiro pó tem uns cinco anos. E, por favor, se eu pedir de novo para vocês, não me deem.

Andrew riu, acendeu o isqueiro e esquentou o prato. Ele estava realmente curtindo a nossa presença. Parecia feliz de estar com a gente. E continuou a falar.

– Esta viagem vai ser foda. Eu pensei que ia descansar, fumar haxixe e tomar uns vinhos. Mas já vi que a onda vai ser diferente.

Enquanto falava, Andrew batia três carreiras grandes. Ele provou um pouco na língua para sentir o potencial da droga.

– Porra, muito pura. Vocês têm mais disso?

– Não, Felipe falou rapidamente. Foi só isso que compramos. Tem uns 30 gramas.

Andrew batia com seu cartão American Express.

– Alguém tem uma nota de dólar aí?

Felipe tirou da carteira uma nota de cem dólares e fez um canudinho com ela. Andrew cheirou uma carreira.

– Muito boa mesmo. Vocês querem dez mil dólares no tubo?

– Não. Esse pó é apenas pra gente curtir o verão. Acho que vamos para Saint Tropez depois daqui.

– Saint Tropez – disse Andrew. Gosto muito de lá. Meus primeiros anos em Saint Tropez foram divertidos. Acho que tudo começou faz uns dez anos ou mais. 1973. Um ano incrível. Fui de barco de Marselha até Nice, eu e mais três amigos. Inesquecível. Bom, vamos para o barco. Eugenie está nos esperando.

Andrew respirou fundo, tentando aspirar ao máximo o que restava de pó em suas narinas.

– Temos um casal *gay* italiano conosco. Gino e Antonello. Dois caras legais, muito cultos. Antonello é amigo dos pais de Eugenie, ele tem uns cinquenta anos. Gino é mais novo uns dez anos e tem um antiquário em Florença. Um lugar incrível. Um dos melhores do mundo. Vocês vão gostar deles.

Felipe pagou o gerente do hotel e seguimos no Alfa Romeo de Andrew até a marina. Caminhamos entre os barcos até que chegamos próximos a um veleiro grande e Eugenie estava lá, em pé, vestida de branco. O veleiro era azul marinho, madeira e branco. Lindo de morrer. Três homens estavam aguardando no cais e Andrew nos apresentou falando italiano. Daí Felipe começou a falar italiano e um deles, Arturo, até brincou dizendo que Felipe tinha sotaque napolitano, que ele não era brasileiro. Eugenie vibrou com isso. Não imaginava que Felipe falava tão bem. *Show time* de Felipe. O capitão veio nos cumprimentar. Ele era australiano, se chamava Neil e tinha mais ou menos a mesma idade de Andrew. O barco era grande, tinha uma sala que dava para a popa; o convés era largo, a proa ia afinando, tinha dois mastros e as velas estavam presas. Tinha muito espaço e Eugenie nos recebeu com muito carinho.

– Pedro e Felipe, que saudades! Fiquei tão feliz que vocês vieram. Vocês foram até o hospital, o Andrew me falou. Pedro, o que você teve?

– Não sei, acho que foi a comida do avião. Fizeram até um *blood test* por isso demorou um pouco. Mas agora já está tudo bem.

– Eu nunca como em avião. Tenho horror a tudo aquilo. Bebo um pouco, tomo uma pílula e durmo. Fico feliz que agora está tudo bem. Vamos descer, quero mostrar suas cabines.

Descemos e Eugenie se mostrou uma anfitriã perfeita. Enquanto mostrava o barco nos explicou que ali havia seis cabines. Uma era dela e do Andrew, outra da tripulação e outra do capitão.

– Se vocês quiserem, podem dormir separados. Eu peço para Gino e Antonello dormirem juntos. Faz mais sentido para mim, já que eles são um casal. O que vocês decidirem. Por enquanto vou colocar cada um em uma cabine, como eu tinha planejado. Olhava para Eugenie e não conseguia parar de admirar sua doçura e beleza. Ela tinha um *it*, um charme especial.

– Vocês estão descalços. Tenho *espadrilles* que comprei no Uruguai. São lindas. Estão na cabine. Gino e Antonello foram ao mercado. Ah, você comem de tudo, não é? Hoje temos *spaghetti alle vongole*, que Antonello vai preparar. Nosso capitão também cozinha muito bem. E um dos marinheiros já trabalhou com um *chef* japonês e faz *sushis* perfeitos.

Minha cabine era madeira, azul marinho e branco. Tinha espaço suficiente para duas pessoas. Um lavabo e uma privada, tipo de banheiro químico.

– Tem uma ducha no banheiro do quarto do Felipe, falou Eugenie. Descansa um pouco e depois vamos subir. Quero que vocês conheçam o Gino e o Antonello. São meus amigos queridos. Tenho certeza de que vocês vão gostar deles.

Fechei a porta e fiquei deitado um pouco. Gostei de ficar um pouco sozinho. Pensei no absurdo daquilo que havia acontecido no Hotel Stazione. O Andrew retirando o tubo do meu traseiro. Foi tudo tão bizarro e surreal. Felipe bateu na porta e entrou.

– Como você está?

– Tenho vontade de chorar, mas não consigo. Vou ter que cruzar todos os dias com o sujeito que arrancou com a mão um tubo de coca do meu traseiro. Não tenho cara! Acho que era melhor ter vendido essa porra para ele.

– Não, imagina! É melhor eles quererem algo que nós temos e vamos dando. Você tem quanto de dinheiro aí?

– Uns doze mil e você?

– Acho que um pouco menos e esses tubos cheios de pó. Bem... Podemos ficar por aqui uns dois meses, se não gastarmos muito.
– O que você está dizendo, Felipe?
– Quero ficar até setembro.
– Não sei de nada. Tenho que voltar para o Brasil. Não tenho ideia do que fazer. Talvez uma faculdade, quem sabe agronomia. E tem mais: além dos tubos ainda tenho isso. Mostrei os ácidos e um pequeno pacote com mais cocaína.
– É aquele pó que sobrou de Montreal. Acho que tem mais uns dez gramas.
– Melhor você estudar mesmo. Porque você tem vocação para passar na aduana e não quero ver você traficando pelo mundo.
– Claro que não, nunca mais vou fazer isso. Quase morri. Vou estudar administração, veterinária, agronomia, sei lá. Se eu falar pra meu pai que quero fazer algo diferente, tipo filosofia ou artes cênicas, nem sei o que pode acontecer. Se não fosse meu tio ficando ali, no meio de campo, me aliviando quando era necessário, não sei. Meu pai já teria dado um tiro na cabeça.
– Chega de drama. Bem, tá quente aqui. Vem comigo. Vamos conhecer esses italianos de uma vez.

Gino e Antonello só chegaram quando o dia estava acabando. Tomamos duas garrafas de *champagne* esperando por eles. E já eram quase nove e meia da noite. Eu estava faminto e eles trouxeram comida, bebida e flores. Carregavam dois carros, desses de feira, e mais sacolas. Antonello era mais velho, usava uma barba grande, estava de *short jeans* e sandálias franciscanas. Vestia uma camiseta branca e usava um anel de ouro grosso na mão esquerda. Tinha um corpo grande, sem ser gordo. Gino era magro, moreno, tinha um nariz de tucano e uns olhos negros e doces. Uma voz rouca e logo percebi que não ia entender muito o que ele falava. Gino falava pra dentro, de um jeito introspectivo.

Já Antonello falava alto, ria alto, era uma explosão. Gino vestia bermuda mostarda e uma camisa azul de malha. As sandálias de couro que usava eram lindas. Bati os olhos e queria um par delas para mim. Pulseiras de ouro largas e bem masculinas adornavam seu braço.

O jantar de boas-vindas foi uma festa e só zarpamos de Livorno lá pelas duas da manhã, com o motor bem baixinho. Bebemos várias garrafas de *champagne* e vinho tinto com a massa. Rimos muito e eu quase me esqueci da dedada.

Dormi muitas horas e, quando acordei, ouvi um vozerio de pessoas falando francês e italiano. Uma movimentação e, quando cheguei ao convés, vi que estávamos ancorados em uma marina. Um marinheiro chamado Lucca veio falar comigo.

– Buon giorno, bienvenue a Bastia.

Falei em francês e ele perguntou se eu queria café. Tinha frutas e ele ofereceu um suco de laranja e *croissants*. Perguntei por todos.

– Saíram e não quiseram te acordar. Só me pediram para cuidar de você. Estamos no Porto de Toga; se você quiser andar, é só ir para a esquerda que você chega ao porto de Bascia.

– De onde você é?

– Sou de uma cidade próxima a Livorno. E você e Felipo são brasileiros?

– Sim, Lucca. Eu e Felipo somos brasileiros...

Estava me sentindo bem melhor. Uma total sensação de calma. O dia estava lindo. Fazia um calor gostoso, que era suavizado pela brisa do mar. Um cheiro de peixe no ar bem salgado. E aquele jovem, lindo e forte marinheiro italiano que foi orientado a cuidar de mim. Parecia um filme de férias.

Uma alegria de viver tomou conta de mim naquele momento. Coloquei um tênis e falei que ia correr um pouco pela cidade. Durante a corrida pelas ruas próximas ao cais, vi que havia uma agência do Société Générale. Voltei ao barco, peguei quatro mil dólares, coloquei na bolsa e fui até o banco. Troquei dois mil dólares em liras e comprei *travellers checks* de mais dois mil dólares. Mostrei meu cartão American Express e a moça que estava me atendendo disse que eu podia tirar algum dinheiro do cartão. Ela ficou puxando conversa, por uns cinco minutos, então perguntei se ela podia me ajudar a abrir uma conta no banco.

– Você precisa ter um endereço aqui na Europa.

Deixei o banco com aquela ideia na cabeça. Não sabia por que, mas queria ter uma conta na Europa. Depois fiquei pensando: se eu não quisesse voltar para o Brasil, era bom começar a pensar como iria fazer para ficar por aqui. Voltei para o barco e todos já estavam lá. Uma alegria esfuziante. *Champagne* Taittinger rolando à vontade. Tinha mais três casais italianos, amigos de Eugenie e Antonello. Ficamos mais uma hora na marina e depois zarpamos para um restaurante mais ao norte. O vento entrou logo que saímos da marina e pela primeira vez vi as velas abertas. Foi uma festa. Música alta e mais *champagne*.

Elza era uma das amigas de Eugenie. Baixinha, ruiva, tinha olhos grandes e verdes, e dançava insanamente. Dançamos juntos por horas. O gravador do barco era ligado em caixas de som que tocavam os grandes sucessos daquela época: *Flashdance, what a feeling*, com Irene Cara; *Baby Jane*, com Rod Stewart; *It´s rainning men*, com as Weather Girls; *Maniac*, com Michael Sembello; *Overkill*, com Men at work...

Os italianos cantavam e dançavam. E o sol caía, deixando ainda mais lindo o azul do Mediterrâneo que, a cada momento, se tornava um azul mais profundo. Eugenie quis dar um mergulho, então paramos em uma pequena enseada antes de chegar ao restaurante.

– É o terceiro ano em que fazemos essa viagem e Eugenie sempre para nessa praia para um mergulho – disse Andrew.

Eugenie ficou de *topless* e mergulhou no mar. Andrew foi atrás dela, seguido de Gino, Felipe e um dos casais. Ficamos conversando eu, Antonello, Elza e o namorado dela. Pela conversa, vi que Elza era de uma família importante na Itália e o namorado era um banqueiro inglês. Ele me fez muitas perguntas sobre o Brasil, sobre questões políticas e sobre o presidente Figueiredo e a democracia. Até falei da fazenda da minha família e da nossa criação de gado nelore. Quando falei do tamanho de nossa fazenda, ele ficou me olhando com uma cara meio absurda. Acabei dando um mergulho com Elza e nadamos até a praia. A água estava gelada, mas não insuportável e não incomodou as moças de *topless*. Quando voltamos, o namorado de Elza nos puxou para dentro do barco e seguimos para o restaurante Le Pirate. E foi de lá que vimos o *sunset*.

No Le Pirate saboreamos mexilhões e lagostas, bebendo um delicioso Pouilly Fumé. Pelo rádio, os marinheiros avisaram ao barco de Elza que nós estávamos lá. E quando o *yacht* de Elza chegou, fiquei boquiaberto. Na verdade, não era dela e sim de um tio que tinha emprestado para ela. Parecia uma miragem. Era lindo demais. Enorme, vistoso, elegante. Ficou parado longe do restaurante, bem ao lado do nosso veleiro. Antonello sussurrou no meu ouvido que era o maior *yacht* da Itália. Fiquei impressionado com Elza. Ela usava um vestido simples, dois rubis nas orelhas e não tinha mais nada. Eugenie colocou um conjunto de turquesas e pulseiras de ouro e um caftan de palha de seda bordado na própria linha, tão fino que chegava a ser transparente. Ainda ouviu de Andrew: "aonde você vai assim tão linda?". Foi um pequeno barco a motor que nos levou ao Le Pirate. Quando escureceu, o dono acendeu velas por todo o restaurante e no jardim, onde fomos servidos. Felipe falava no ouvido de Gino e, ao olhar para eles, vi que ali começava uma cumplicidade. Antonello estava totalmente dedicado a entreter Eugenie e Elza e os três riam e bebiam sem parar. Andrew me viu olhando para Felipe e Gino, mas preferiu ficar conversando com os outros casais. Assim eu me senti começando uma nova aventura. Estava bem comigo mesmo. Ali sozinho, com amigos e a brisa do mar me pegou de jeito, junto com o álcool do vinho e o sabor fresco dos frutos do mar.

Mais um brinde e vi Felipe e Gino irem ao banheiro juntos e foi ali que tudo começou. Quando dei por mim todos falavam sem parar, menos eu e Andrew. Todos ligados. Felipe tinha virado o centro das atenções. Ele falava alto e dava risadas. Depois, com gesto teatral, apontou para mim e começou a falar.

– Para tudo! Quero dizer que tudo que temos hoje aqui devemos a este garoto. Ele é meu grande amigo e vamos aplaudi-lo.

Dito isso, me tacou um beijo na boca.

– Você tá louco, Felipe?

– É verdade, meu amigo. Você é a pessoa mais importante para mim. Vamos dar um teco juntos. Eu e você.

Eu sorri, então ele me pegou pela mão e fomos para o banheiro.

– Nossa! Estas férias vão ser magníficas. E esse tal de Gino? Que gato! Nós nos beijamos aqui no banheiro agora mesmo.

– Felipe, você vai enlouquecer esse cara.

– Calma, ainda não, vamos ver.

Felipe esticou uma carreira que ele levou num vidrinho e me passou a nota de cem dólares. Dei uma cheirada e devolvi para ele. Quando dei por mim todos estavam loucos. Resolvemos ir embora do restaurante quando já eram quase três da manhã. A festa continuou no *yacht* de Elza. Eu, Eugenie, Andrew e Antonello voltamos para nosso barco. Fui dormir na minha cabine, ouvindo a música que vinha do *yacht*. Eugenie bateu na porta, segurando duas garrafas de água com gás.

– Tá tudo bem? Aqui tem água com gás para você. Nosso café tem frutas, iogurte, leite, cereais, pães, ovos, frios e o que você quiser. É só pedir. Gosto muito de você. Ah, e *champagne* é claro! O quarto estava fresco quando acordei. Tinha um ventilador que quase não fazia barulho, refrescava e a brisa do mar circulava. Tinha deixado a escotilha aberta e uma fina cortina filtrava a luz. Eram quase nove horas. Coloquei um robe de cambraia salmão que tinha no meu quarto, vesti minha sunga azul-marinho e subi as escadas. No deque, vi que não estávamos mais na mesma praia. Fui até a mesa e o café estava servido com biscoitos, frios, frutas e jarras com sucos de laranja e melancia.

O capitão do Fiammetta apareceu. Neil era australiano e tinha uma barba rala. Conversamos um pouco. Ele ficou sentado e perguntou se podia fumar. Acendeu uma cigarrilha preta. Era magro e tinhas olhos azuis. Tinha pernas longas e usava uma bermuda branca e uma camisa azul.

– Você viu o Andrew? – perguntei.

O capitão levantou, deu uns passos e apontou com o braço direito esticado.

– Tá vendo ali ao longe, na direção da proa do *yacht*? Tem uma boia amarela reluzindo, com um *zodiac* amarrado.

Fui até perto dele e olhei firme para a direção que ele apontava.

– Consegue ver? Nessa direção. Ele está ali, caçando uns peixes. Deve estar a uns quinhentos metros do barco.

– Acho que posso ir lá nadando – falei.

– A água está muito fria ainda. Em agosto fica mais quente. Agora você pode ter uma câimbra. Você tá acostumado com água fria?

– Não muito.

– Então nada um pouco ao redor do barco que você vai se acostumando com a temperatura da água. Mas, se quiser arriscar ir até lá agora, eu fico de olho em você.

A praia e as casas estavam longe. Um marinheiro apareceu e falou que tinha acabado de chegar pão quente. Perguntou se eu queria alguma coisa. Pedi um ovo quente e não conseguia explicar em italiano, até que o capitão explicou e perguntou quantos minutos. Disse cinco minutos e fiquei por ali, de bobeira. Então chegou Lucca, o bonito marinheiro do dia anterior e falou comigo.

– Signore Pedro, ligaram para o senhor Felipe ontem à noite, de Nova York. O senhor dá o recado ou eu mesmo falo com ele?

– Pode falar com ele.

– Hoje temos uma reserva para almoço de tarde no La Cantina e depois tem drinques no *yacht* da Signorina Elza. Ontem esqueceram um par de óculos e uma camisa no *yacht*. Mandaram para cá. São do senhor?

– Senhor está no céu – eu disse.

Comi umas frutas e fui para o sol. Estava quente, dei um mergulho e a água estava mesmo muito gelada.

Nadei até o barquinho onde estava Andrew. Dei um impulso e subi no *zodiac* que estava preso com uma pequena âncora no fundo. Um arpão, três peixes, um tanque de ar, um cinto de peso, água e um isopor com frutas, uma toalha, quase não tinha espaço para mim. Fiquei ali sentado por quase dez minutos, quando Andrew emergiu da água. Tirou a máscara, me olhou e demorou alguns segundos para ele falar.

– Ajuda aqui.

Ele me deu outro arpão com um peixe prata espetado. Tirou o cinto de peso e mais uns ganchos e um pequeno pulsar com mais peixe.

– A pesca foi boa – falei.

Ele tirou o cilindro de dentro da água e eu puxei para dentro do barco. Tirou os pés de pato e jogou para mim. Segurou no barco, fez um movimento para cima e, quando percebi, ele já estava em pé dentro do barco. Andrew não falou muito. Estava com uma roupa de mergulho não muito grossa e ficou meio mudo por uns minutos, ajeitando umas coisas dentro do *zodiac* e depois ligou o motor, sentou na parte de trás e guiou o barco até uma marina próxima.

– Vamos deixar os peixes aqui para mais tarde – disse Andrew.

Acabei pegando uma camisa do restaurante. Estava muito sol e eu estava só de sunga.

– Amanhã vou pescar novamente. Quer vir comigo?

– Você vai pescar muito cedo?

– Não tanto. Hoje eram umas oito e meia quando entrei na água. Agora são onze. Tá de bom tamanho.

Fomos caminhando pelas ruas até uma loja de vinhos e Andrew comprou duas caixas de vinho rosé e mais duas de branco. Andrew pediu para levaram os vinhos para o barco e voltamos para o *zodiac*. Na volta Andrew não falou muito. No Fiammetta todos ainda dormiam. Fiquei tomando sol e lendo um pouco as notícias do *Corse-Matin* que compramos na vila. Passei um protetor solar e adormeci um pouco. Acordei com a voz do capitão.

– Pedro – ele falou com um sotaque meio alemão.

Abri os olhos e ele estava bem próximo do meu rosto. Levei um susto. Ele riu e me pediu desculpas.

– O Andrew pediu para ver se esta *Long John* cabe em você.

O capitão me entregou uma roupa de mergulho vermelha de neoprene. Eu não vestia um daqueles havia muitos anos. Acho que uns seis anos, desde quando mergulhava na Ilha Bela com meu pai. O *Long John* serviu e ainda ficou um pouco largo. Percebi naquela hora que tinha emagrecido. Não estava cansado, me sentia muito bem, mas tinha perdido alguns quilos desde que chegara a Nova York.

– Você não queria nadar? Agora é a melhor hora, falou o capitão. Olhei para o oceano e vi o infinito azul. Sorri para ele e me atirei no mar. A água estava menos gelada e sem correnteza. Até a costa deviam ser uns 300 metros. Fui e voltei três vezes. Sem parar. Chegava a tocar o fundo do mar próximo à costa e voltava. Quando subi no Fiammetta de novo, devia ter se passado uma meia hora. O capitão veio e me disse que eu havia nadado durante trinta e dois minutos.

– Muito fraco. Eu faço esse percurso em menos cinco minutos que você.

Eu ri e disse que duvidava.

– Eu aposto com você. Que tal?

– Aceito a aposta. Não nadei para bater tempo. Fui só respirando e não forcei o ritmo.

– Amanhã vou começar a treinar e você não vai nem sentir meu cheiro, falou o capitão Neil.

Eu me sequei com uma toalha branca e voltei para o salão. Antonello e Eugenie estavam conversando animadamente. Eles pararam de falar, quando me viram. Antonello fez um gesto com a mão e disse:

– Ma quanto è bello questo tipo in cui si è riunito, Eugenie.

Eugenie respondeu com um sorriso largo, que a deixou ainda mais bonita.

– È vero troppo bello Pietro.

Comecei a falar em inglês meio tímido e Antonello me olhava de cima a baixo. Fiquei meio vermelho, mas percebia que ele estava querendo me deixar sem graça. Andrew apareceu e aproveitou também para pegar no meu pé. Disse que eu tinha feito uma aposta contra o campeão australiano de natação. E que ele agora ia ficar no meu pé todos os dias, por conta da competição. E que as apostas estavam abertas.

– Mas, quem é o campeão de natação?
– O nosso capitão Neil é campeão australiano de natação. E segundo lugar nas Olimpíadas de Berlim, nos 1.500 metros. Levei um susto. Por essa eu não esperava.
– Isso foi há mais de dez anos – disse Antonello. Ele está velho e esse garoto está em plena juventude. Ele vai perder. Eu aposto mil dólares em Pietro.
– Que é isso! Eu nado bem, mas não tenho essa experiência em competição. Você vai perder seu dinheiro.
– Ah, Pedro, você não conhece Antonello. Ele ama uma aposta e agora vai te perturbar todos os dias.
– Quando vai ser essa competição? – perguntou Eugenie.

Andrew gritou alto, chamando Lucca, e pediu para ele chamar o capitão. Lucca desceu para o convés e Felipe subiu com cara de sono.

– Bom dia. Que algazarra é essa? O que eu estou perdendo?

Eugenie perguntou a Felipe se eu era um bom nadador, mas ele ainda estava meio sonolento e disse que não sabia nada sobre isso.

– Só sei que eu não nado nada. Não me afogo, mas Pedro é capaz de façanhas.

Felipe falava rápido italiano, eu quase não entendia nada. Eles continuaram a falar e vi que eu estava na berlinda. O capitão Neil subiu com Lucca, que tinha um sorriso largo estampado na face. Percebi o quanto o capitão era longilíneo, mesmo estando um pouco fora de peso. Seus ombros e costas eram largos e braços longos.

– Então, capitão, estamos aqui apostando uma grana como o Pedro, o nosso amigo brasileiro, consegue vencer você numa prova de mil e quinhentos metros.

O capitão sorriu e zombou de mim.

– Mas eu dou quantos minutos na frente?

Todos riram.

– O recorde mundial é menos de quinze minutos. Meu melhor tempo é de dezesseis minutos, aproximadamente. Hoje, devo fazer esse percurso em vinte minutos, mas o frangote faz em vinte e três minutos. Se fizer.

– Frangote? Felipe riu.

Eu nunca tinha ouvido essa palavra. Perguntei em inglês o seu significado e Andrew me respondeu que era *small chicken*.

– Pois eu aposto mil dólares que o frangote ganha de você e não precisa dar minuto nenhum de vantagem.

– Mil dólares – disse Felipe. Isso é muita confiança. Então, como Pedro é meu melhor amigo, eu também aposto mil dólares que ele ganha de você, capitão.

– Madame Eugenie – disse o capitão – eles estão me provocando.

– Como você é meu capitão, eu tenho que te defender. Aceito sua aposta Antonello. Aposto dois mil dólares que meu capitão vence o frangote Pedro, lindo.

– Melhor você se preparar Pedro – disse Andrew.

À noite a festa no *yacht* de Elza ainda tinha mais gente do que na noite anterior. Cinco barcos ancorados ao lado do nosso. Lá pela meia-noite e meia vi Andrew indo embora do *yacht*. Fui encontrar Felipe no convés, conversando com Eugenie e Gino, que estava bêbado e agarrava Felipe por trás.

– Para, Gino. Você tá ficando inconveniente – disse Felipe. Fala para ele Eugenie.

– O que houve Felipe? – perguntei.

– Nada, Pedro. Ele tá louco, você não está vendo?

– Não estou louco, nada. Bebi desde cedo, mas agora quero que você venha dormir comigo.

– Que é isso? Ele está maluco mesmo – falei.

Felipe ria alto, enquanto Gino tentava beijá-lo. Ambos tinham exagerado na bebida e eu não conseguia imaginar como Antonello, companheiro de Gino, iria reagir àquela situação.

– Pedro, vamos lá para cima e deixar eles se entenderem.

Subi com Eugenie para o salão principal. Umas trinta pessoas conversavam e bebiam. Marinheiros charmosos passavam com *champagne* e canapés. Antonello dançava com Elza. Sentamos num sofá.

– Você sabe que essa história está acontecendo desde a primeira noite. Não fique preocupado. Acho que Gino não vai levar isso a sério.

– Bom, eu tenho medo de Felipe levar a sério, porque ele é carente e adora uma confusão amorosa.

– Você viu meu marido por aí?

– Sim, vi indo embora do *yacht*.

– Ele anda estranho, comentou Eugenie, meio que falando para si mesma.

Fiquei mudo.

– Está vendo este colar? Não é lindo?

Já tinha reparado no colar em volta do pescoço de Eugenie. Um belo trabalho que misturava ouro, coral e pérolas.

– Muito lindo esse colar – eu disse.

– Ganhei do Andrew em nossa primeira viagem à Sardenha. Faz uns seis anos. Ele tinha vinte e oito anos. Nós nos conhecemos em Londres e foi nossa primeira viagem juntos. Era junho e íamos ficar uma semana, mas acabamos ficando três meses. Depois começamos a morar juntos e todos os anos voltamos à Sardenha. Já quis até comprar uma casa lá. Adoramos a praia de Chia, onde alugamos uma casa já há três verões. Este ano não vai ser possível ir até lá.

Eugenie respirou fundo o ar refrescante da noite e depois continuou a falar.

– Este ano temos que ir à Dinamarca e também à Noruega. Depois voltamos e pegamos o barco novamente na Sicília. De lá vamos para Grécia e Turquia. Vocês vão para onde depois?

– Não sei realmente, Eugenie. Tanta coisa aconteceu depois que fomos para Nova York. Não sei sobre mais nada. Não sei se volto para o Brasil, se fico aqui na Europa ou se volto para os Estados Unidos.

– Você voltou a ver o Andy?

Olhei para ela e fiquei meio sem saber o que dizer. Por precaução, decidi mentir.

– Não, eu não o vi mais. Foram tantas coisas que aconteceram em Nova York. Coisas e pessoas. Aquela cidade me assusta. Ao mesmo tempo em que gosto muito, também tem algo de aterrorizante.

– Eu sempre preferi Londres – disse Eugenie.

Consegui desviar do assunto sobre Andy e passamos a conversar mais sobre Londres. De repente Eugenie se levantou, pegou na minha mão e pediu que eu fosse com ela. Queria me mostrar uma coisa. Saímos da sala principal e atravessamos o convés do enorme *yacht* de Elsa. Depois passamos pelos quartos até que chegamos a uma porta onde estava um marinheiro alto, negro.

– Nós queremos entrar para ver o Sisley.

– Qual é o seu nome madame? Falou o marinheiro em francês.

– Eugenie Blanchard – disse num tom tão doce que foi aí que percebi que a voz dela era extremamente sedutora.

O marinheiro passou um rádio para o capitão, se afastou um pouco e colocou o rádio no ouvido para que não escutássemos a resposta. Em seguida fez um sinal para que entrássemos.

– Madame, fique à vontade. O capitão virá em seguida.

A sala de jantar do *yacht* era um espetáculo. Uma mesa de mogno para 12 pessoas com cadeiras de couro cor de café. Um tapete verde musgo. Um lustre de cristal com um tom de manteiga. Estantes fechadas de vidro com inúmeros artefatos como medalhas e adagas. Os quadros eram impressionantes: um Picasso, um Morandi e um retrato de um homem de Raffaello de Sanzio.

– Nossa! Que incrível – falei.

Parei diante do retrato e fiquei por ali, boquiaberto.

– Jantei muitas vezes nesta sala com meu ex-marido. Ele é muito amigo do tio de Elza.

– Seu antigo marido é um homem mais velho? – perguntei.

– É sim, hoje ele deve ter uns 65 anos. O tio de Elza tem uns dez anos a mais. Eles fizeram muitos negócios juntos. Negócios de muitos milhões. Agora vem ver o melhor.

Eugenie abriu uma porta e entramos em uma sala menor, com poltronas de couro altas e com um teto que estava aberto. Um *fumoir*. Dali podíamos ver o céu estrelado. Dentro de uma caixa de acrílico na parede estava um quadro de Alfred Sisley, com moldura dourada e placa, em que estavam escritos o nome do pintor, o nome do quadro e o ano.

– O quadro é autêntico, por isso fica dentro dessa caixa de acrílico. É por causa da maresia.

– E os outros quadros?

– Acho que são cópias. Uma vez, durante um jantar, um famoso curador da National Gallery, de porre, disse que assinava qualquer papel dizendo que eram verdadeiros. Mas não posso afirmar nada.

Naquele momento o marinheiro negro entrou na sala e anunciou num tom solene.

– Madame Eugenie, o capitão Trevor Conrad.

O capitão entrou na sala com seu porte altivo e elegante e faíscas saíram dos olhos de Eugenie.

– Eugenie! Que prazer enorme em te ver novamente.

O tom de sua voz era firme e envolvente. Ele beijou as mãos dela e depois se abraçaram.

– Como vai, meu capitão!

Claro que percebi na hora que havia algo entre eles. Ou talvez tivesse havido no passado. O clima entre eles era de uma eletricidade impressionante. Até tive medo de levar um choque com tanta eletricidade no ar. Ela me apresentou rapidamente e voltaram a conversar na sala de jantar. Eles se olhavam e parecia que não havia mais nada no mundo além deles. E assim se passaram dez minutos. Eles falando em francês e eu só ouvindo. Até que me dei conta de que eles queriam ficar sozinhos. Estava tão perplexo com tudo que estava vendo e ouvindo que demorei a perceber que eles estavam se comendo com os olhos.

– Eugénie, je vais chercher Felipe et voir où il et Gino sont et puis je vais aller à son bateau.

– Oui, mon ami. Daqui a pouco vou também, estou cansada.

– Você quer que eu te espere?

– Não é preciso. Fico aqui com meu amigo capitão. Faz mais de um ano que não nos vemos.

Eu me despedi do capitão que possivelmente era um *lord*. Alto, másculo, louro, olhos azuis. Quando apertou minha mão com um gesto viril, vi que ele usava uma aliança de casado e um anel de prata com brasão no dedo mindinho.

Voltei para o Fiammetta em um barquinho que estava no *yacht* de Elza, levando os convidados para seus barcos. Quando olhei para o mar calmo, contei uns dez barcos e lanchas ao redor do *yacht*. Deitei-me e em pouco tempo adormeci.

Acordei com uma pessoa batendo na porta. O quarto estava quente, tinha me esquecido de ligar o ventilador.

– Quem é?
– Sou eu, Lucca.

– Um momento.
Acordei, fui ao banheiro e dei uma mijada. Vesti minha sunga e depois abri a porta do quarto.
– O senhor Andrew esta tomando café e pediu para eu acordá-lo. Quer saber se você vai vir mergulhar.
– Vou, claro. Já estou subindo.
Cheguei ao convés onde estavam Andrew e Lucca. Dei bom dia. Andrew estava tomando suco de laranja e tinha queijo, presunto cru, frutas e manteiga.
– Você quer uns ovos?
– Quero sim – eu disse.
–São pochês?
– Não. Podem ser mexidos com presunto.
Lucca saiu para preparar os ovos na cozinha. Olhei para o mar e não vi o *yacht* de Elza. Fui até o *deck* e não havia sinal de nenhum barco.
– O que houve? Cadê todo mundo?
– Foram embora de manhã cedo. O *yacht* foi para Mônaco e nós içamos vela cedinho e velejamos umas três horas. Você não sentiu o barco navegar?
– Dormi feito uma pedra – eu disse.
– Vamos mergulhar? Hoje podemos pegar umas lagostas. O que acha? Tem uns recifes aqui perto. Uma laje de uns doze metros. Ano passado pegamos umas 20 lagostas. Não foi, Lucca?– Eu me lembro de seis grandes.
– Você sabe mergulhar, não é, Pedro?
– Sei sim.
Fomos com o *zodiac* para perto de uns recifes mais mar adentro. A água estava fria. Eu estava de *Long John* vermelho e Andrew com um preto. A âncora já estava a uns quinze metros de profundidade. Meus pés de patos eram grandes.

– Dá um pernada que você vai chegar ao fundo em vinte e cinco segundos. A visibilidade está boa. Se sentir muita corrente nessa primeira descida, fica perto da corda.

– Ok, tudo bem.

– Então respire fundo duas vezes e desça.

Descemos. Nas primeiras pernadas senti a correnteza um pouco forte. Quando dei por mim, já estava afastado da corda. O recife era cheio de vida marinha e um cardume grande passou sobre nossas cabeças. Uma lagosta corria por entre as pedras. Fui atrás, peguei pelo rabo e coloquei na rede. Quando me virei não vi o Andrew. Voltei na direção da corda e a correnteza me dificultava nadar. Olhei para baixo e ele estava uns cinco metros abaixo. Veio em minha direção e começamos a subir. Quando faltavam uns cinco metros, ele me parou. Ficamos parados uns 10 segundos e voltamos a subir devagar.

Descemos mais umas quatro vezes e pegamos, até aquela hora, umas oito lagostas grandes. As menores nós devolvemos ao mar. Já estávamos ali há quase duas horas quando Andrew pegou um binóculo pequeno. Ficou olhando para o Fiammetta e viu uma bandeira vermelha no mastro.

– É melhor voltarmos, alguma coisa aconteceu – disse Andrew.

Ligamos o motor e subimos no barco com oito lagostas. Felipe e Gino estavam tomando café e Eugenie ainda não tinha subido. Tirei o *Long John* e me sequei com uma toalha que Lucca me deu. Perguntei o que aconteceu.

– Houve um alerta de tempestade e o capitão achou prudente tirar vocês da água.

Respirei um pouco, deixando o ar puro inundar meus pulmões. Depois me dirigi a Felipe.

– Estou morto de cansado. Mergulhar é bom, mas é muito cansativo.

– Toma um suco e me conta o que houve ontem à noite. Eu estava tão louco que nem lembro o que aconteceu.
– Não sei o que aconteceu na festa do *yacht* da Elza. Depois que fui ver o Alfred Sisley, vim embora.
– Nossa, você perdeu a farra. Chegou um barco com uns espanhóis tão lindos – disse Gino, num tom saltitante.
– Não eram tão bonitos assim. Eram deslumbrantes. Eu quase fui embora com eles – Felipe disse.
Felipe e Dino pareciam estar em plena sintonia. Pensei em Antonello. E Gino pareceu ler meus pensamentos, pois foi logo dizendo.
– Antonello foi com Elza, você sabia?
– Não. Não sabia. E porque ele foi?
– Eles têm um jantar com o tio de Elza. Vai ser em Mônaco, amanhã, no próprio barco. Ela pediu que ele fosse.
Gino emendou a fala de Felipe.
– Elza gosta muito de Antonello. Ela mora em Roma, mas todos os meses ou ela vai lá pra casa dele, ou ele vai pra casa dela.
Eugenie subiu para o *deck*. Estava com uma cara cansada e quase não falou até o final do dia. À noitinha o capitão, depois de termos navegado umas duas horas e chegado até um lugar chamado Barcaggio, foi até o meu quarto e bateu na porta.
– Pedro. Talvez fiquemos aqui e queria te perguntar se você não se importa de comer as lagostas amanhã. Temos previsão de que vai ventar um pouco à noite e é melhor não cozinhar a bordo. Vamos ter uma sopa e uns sanduíches. Se quiser ir até a cidade, me fale.
– Ok, meu capitão. Você precisa de alguma coisa? – perguntei.
– Não. Está tudo sobre controle.
Assim que o capitão saiu, Felipe entrou no quarto. Fechei o livro que estava começando a ler.

– E aí, Felipe? – perguntei.
– Aí que ontem não deu mais para esconder. Acabou que Antonello nos pegou juntos no quarto. Ele veio aqui no barco pegar umas coisas para levar na viagem. Quando entrou no quarto, viu a gente transando e perguntou se podia participar. Gino disse que não. Não consegui evitar uma gargalhada. Felipe continuou contando tudo, como se fosse uma grande fofoca.
– Pois é. Gino disse para ele sair do quarto. Antonello ficou zangado e xingou o Gino. Daí teve um bate-boca entre os dois. Foi horrível.
– Gente, eu não ouvi nada. Caí feito uma pedra na cama. E o Garret, Felipe? Ele te liga todos os dias. O que ele quer?
– Quer saber se eu vou voltar para Nova Iorque.
– E você vai voltar?
– Não, de jeito nenhum. Não gosto da cidade, das pessoas. Acho suja, imunda na verdade. Ela me oprime. Quero ficar na Europa. Vou fazer de tudo para não voltar para o Brasil. Não tenho condições de viver em São Paulo com minha família, as pessoas, aquele povo todo. Não consigo entender como um país tão grande e tão cheio de belezas vive tanta injustiça.
– Bom, eu te entendo. Mas acredito que tudo vai melhorar. Mudanças estão acontecendo no país. Quem sabe...

Felipe ficou em silêncio alguns instantes.
– Hoje vou dormir cedo. Tô cansado. Você e o Gino vão sair? Vão para terra firme?

Felipe riu.
– Acho que não. Hoje vamos ficar flutuando aqui.
– Felipe, olha o que você vai fazer da sua vida.
– Vou subir para o *deck*. Começou a chover, mas estas cabines são muito estreitas. Preciso de ar. Vou tomar um vinho. Você não quer vir?

– Não quero. Estou com sono. Vou dormir.
Felipe saiu da cabine e praticamente apaguei.
Na manhã seguinte, quando acordei, olhei pela escotilha que estava aberta e chovia. Coloquei uma bermuda e uma camiseta e fui para o *deck*. Lucca estava lá com café e suco. Tinha uns *croissants* e uma geleia nova de mirtilo. Lucca falou comigo, cheio de entusiasmo.
– Vem ver o que eu pesquei hoje de manhã cedo.
Atravessamos o *deck* do barco até chegar próximo ao timão do capitão. Lucca apontou um balde, se abaixou e tirou dois polvos grandes.
– Olha só. Vou fazer um agora no almoço. Tenho uma receita incrível. O barqueiro trouxe umas batatas. Você vai gostar.
Lucca estava mesmo empolgado com os polvos que tinha pescado.
– Tem recado para você hoje. Vou pegar e já te trago.
O capitão apareceu no deck. Estava com uma jaqueta impermeável laranja, descalço e de sunga.
– Bom dia. Que chuvinha chata, né, Pedro?
Ele ria com o canto da boca.
– Que pernas são essas capitão?
Lucca caiu na gargalhada.
– São bonitas, hein, Pedro? Mas são para olhar. Elas já têm dono. E você, Lucca, está rindo de quê? Vai cuidar do café que o signore Gino está lá no *deck*.
Lucca levou o balde com ele para a cozinha. Fiquei conversando com o capitão.
– Já nadou hoje?
– Não, ainda não. Acordei faz pouco...
– Aproveita que o mar tá calmo e a água não está tão gelada. Você pode nadar até a costa. Estamos a uma distância de uns

seiscentos metros. Vai e volta duas vezes. É o suficiente. Duas vezes são dois mil e quatrocentos metros. Isso sem parar. Quero ver. Tenho uma touca. Você quer?
– Quero sim, obrigado.
– Tenho uma novinha que nunca usei. Vou te dar de presente, tá bom?
Ficamos ali conversando um pouco mais. Ele contou que já tinha dado a volta na Austrália umas cinco vezes, desde garoto, de barco. Que eu tinha que conhecer a Nova Caledônia e a Nova Zelândia. Quando vi, Gino estava me chamando.
Gino estava de roupão branco, tomava café e fumava. Estava bem bronzeado e sua cor era marrom, quase dourado. Perguntei de onde ele era. Gino me contou que tinha nascido perto de Nápoles e que sua mãe era filha de imigrantes tunisianos. Os avós por parte de mãe eram tunisianos e o pai napolitano.
– Tenho dois irmãos que vivem em Cartago e vou sempre lá. É muito bonito, interessante. E agora?
– Agora o quê? – perguntei.
– Como vamos resolver essa situação?
Eu ri.
– Não tenho a menor ideia de como resolver essa situação. Você e o Felipe que se resolvam.
Senti fome e pedi para Lucca me preparar dois ovos mexidos. O marinheiro sorriu e apresentou o cardápio para Gino.
– O que vai ser hoje signore Gino? Temos presunto, *bresaola*, *pastrami*, queijo de cabra e queijo *pecorino*.
– Faz ovos mexidos com *bresaola* e leva na minha cabine com um suco de laranja.
Gino me convidou para passar uns dias em sua casa em Florença.
– Você me contou que é um castelo do século XV. Não é isso?

– Não. Essa é a casa do Antonello, onde moramos juntos há uns dez anos. Mas é a casa dele. A minha casa é um apartamento próximo à ponte Alle Grazie. É lá que me escondo e recebo meus amigos. Claro que você está convidado para o nosso castelo. Mas, ele é um pouco afastado do centro e para ficar poucas pessoas é muito grande. Antonello também tem um apartamento mais no centro, que é muito lindo. É, na verdade, o de que eu mais gosto. Tem um jardim interno repleto de gerânios. No castelo temos uma criação de pavões e faisões. É isso, você está convidado para tudo.

– E Felipe? – perguntei.

– Felipe eu ainda não sei. Vamos ver o que acontece.

Gino deu um grande gole no seu suco, se levantou e foi para a cabine. Ainda estava chovendo quando nadei os dois mil e quatrocentos metros. A distância parecia maior no mar aberto. Subi no barco e a chuva apertou um pouco mais. Meu corpo estava quente. Um marinheiro me trouxe uma toalha enorme. Não fazia frio. Aproveitei a água da chuva para me lavar com água doce. Foi reconfortante tomar um banho de chuva com direito a xampu Keune, que era o que tinha para todo o barco.

– Quanto ainda tem de água no barco? – perguntei ao capitão.

– Temos bastante para dois dias – ele disse. Tem uma cidade aqui perto onde vamos abastecer. Depois só em Ajaccio. Amanhã temos um almoço marcado no *Le Crique*. Uns amigos de Eugenie são os donos do restaurante. É uma festa sempre que vamos lá.

Depois de horas sem fazer nada, lembrei que tinha um recado para mim. Lucca estava saindo da cabine de Gino e me deu a mensagem. Era do meu tio Roberto e dizia para eu ligar para casa. Bati na porta do quarto de Gino. Ele e Felipe estavam deitados de *shorts*, sem camisa e fumando um baseado. Cada um deitado ao contrário do outro. Tinha uma poltrona na cabine, que era um pouco maior que a minha. Ficamos muito tempo conversando, até que Lucca bateu na porta e entrou com um balde cheio de gelo e um *champagne* Moët & Chandon.

– Com os cumprimentos de Madame Eugenie!
– Esse era do barco de Elza?
– É sim, signore Gino. Elza mandou duas caixas para nosso barco.

Bebemos o *champagne* em pouco menos de uma hora. Acabei voltando para minha cabine. Mas antes de sair, ouvi Gino dizer para Felipe algo que me impressionou.

– Você não vai deixar a Itália tão cedo.

Acordei, a manhã estava fresca e o cheiro forte do mar entrou na cabine. Subi ao convés e Andrew estava ajudando os marinheiros a transportar lagostas para dentro do *zodiac*. Próximo ao barco uma marina, várias lanchas ancoradas, alguns pequenos veleiros no mar, o restaurante ao fundo e a praia costeando até o restaurante.

– Bom dia – disse Andrew – hoje é dia de lagosta.

O lugar era lindo demais. A água estava supertransparente e brilhava com o sol batendo forte. Tomei meu café sob o impacto da beleza do lugar. Foi então que o capitão Neil chegou de sunga azul-marinho, quepe e um *foulard* amarrado no pescoço. Suas pernas eram as mais lindas do barco. Mesmo as de Andrew não eram assim. Talvez as de Lucca, mas ele não era tão alto quanto o capitão.

Olhei as minhas e também não eram nada más.

– Aonde você vai assim, capitão?
– Nós dois vamos nadar. Você está vendo o restaurante lá embaixo? Daqui até lá são dois quilômetros de distância. Nós vamos nadando até lá e voltamos. Depois você come todas as lagostas do mundo e fuma seu haxixe.

– Olha, capitão, se eu fumar, você vai fumar também, e do lado do timão.

Eu e o capitão mergulhamos na água transparente e nadamos com vontade. Quando estávamos chegando à praia, o capitão bateu nas minhas costas e fez sinal para que voltássemos. Nadamos de volta e, quando cheguei ao barco, estava quase morto de cansaço. Fiquei na escada, voltando a respiração ao normal. Depois fiquei boiando um pouco na água e fui relaxando. Até que ouvi Eugenie me chamando.

– Vem, Pedro.

Era muito cedo para Eugenie já estar acordada. Nadei até o barco e subi a escada. Ela me beijou no rosto.

– Você está gelado, garoto! Hoje vamos ter festa e quero você muito disposto. Vamos ter convidados de toda a ilha. Minha prima Silvana vem de Nápoles. Você vai adorar conhecê-la. Silvana tem a sua idade: vinte anos. É filha da minha tia Valerie, que eu amo muito. Descansa um pouco, porque o dia promete.

Às duas da tarde fomos para o Le Crique e aí me dei conta de que era mesmo uma festa. Tinha flores de verão espalhadas pelo terraço e pequenos vasos transparentes com flores azuis pequenas. E tudo era branco: toalhas, pratos e os garçons de calça branca com camisa branca. Uma mesa de som em um canto, com um palquinho ao fundo. O dono veio nos receber na porta. Falou sobre como seria o almoço e, no meio da conversa, pararam dois carros na entrada e desceram oito pessoas. Quando olhei para o deque, um lindo veleiro tinha aportado próximo e umas quinze pessoas foram chegando e a festa começou.

Champagne o tempo inteiro e muito vinho rosê. *Buffet* incrível de frutos do mar com as nossas lagostas e ainda um lindo cordeiro sendo assado ao ar livre. Quase um churrasco, tendo como companhia uma tentadora estação de risoto. Uma hora depois apareceu Andrew com o capitão. Foi um enxame em cima deles, todas as pessoas os conheciam e, a essa altura, a festa já tinha umas sessenta pessoas. O entardecer não poderia ter sido mais lindo. O dia foi perdendo sua luz e o sol se pondo suave lá longe, ao sul.

– Ele está indo descansar lá na África – disse o capitão.

Estávamos sentados na mesma mesa, saboreando taças de vinho, sob o impacto da beleza do entardecer.

– Você não dança, capitão?

– Claro, que danço. Vou dançar muito hoje.

– Já escolheu seu par? Ele riu.

– Já escolhi sim, mas não vou te contar.

Andrew estava radiante e conversava com todos, sempre ao lado de Eugenie. Mulheres lindas e homens também. Logo que o sol se pôs, mais pessoas chegaram de carro. Uma turma jovem e animada. Com eles estava Silvana. Ela era ruiva num tom escuro, tinha olhos azuis, seu rosto era angulado e as maças saltavam do rosto. Era magra e alta.

– Este é meu amigo brasileiro, Silvana, o Pedro. Ele está no barco com a gente fazendo esse cruzeiro maravilhoso.

– Gosto muito de música brasileira – disse Silvana.

Com a chegada de Silvana e seu grupo, a festa parecia que estava apenas começando. Lá pelas onze, um bando de garçons se enfileirou e trouxe um bolo enorme cheio de velas. E todos cantaram parabéns e Silvana soprou as velas. Por mais incrível que pareça, em nenhum momento eu tinha ouvido falar que era o aniversário dela. Ela ficou surpresa.

– É seu aniversário? Eu não sabia – falei.

– Foi há três dias e eu já tinha quase me esquecido. Minha prima é muito maluca. Ela não me falou nada, meus amigos não me contaram.

Eugenie foi até o palco e pegou o microfone e sua voz saiu no tom exato.

– Minha prima querida Silvana, eu te adoro e não poderia deixar de fazer algo para seu aniversário. E este pequeno *show* que vamos apresentar agora é para você.

Um teclado começou a tocar uns acordes e subiu no palco uma jovem negra, com um cabelo liso todo escorrido para trás em coque e começou a cantar. Ela parecia uma modelo, não era muito alta, mas tinha muita classe. Uma postura elegante e delicadamente aristocrática. Sua voz soava sensual e os arranjos de suas canções tinham elementos jazzísticos valorizados por um lindo saxofonista e pelo rapaz da percussão. A cantora parecia uma miragem. Nunca tinha lançando nenhum álbum, apesar do seu inegável talento. A voz era deliciosamente grave e sua presença conquistou todo mundo. O *show* durou cerca de quarenta minutos. E antes do final da última música fogos de artifícios começaram a pipocar no céu, vindos de um ponto próximo do deque. Não tinha entendido muito bem o nome da cantora, até que Eugenie repetiu para mim. O nome dela é Sade Adu.

A festa foi tão excitante que nem fui dormir. Todos nós esperamos o dia nascer. Nem gosto de ver o raiar do sol, mas aquele foi um dia muito especial. Depois de umas cafungadas, eu e Felipe tivemos uma conversa que foi definitiva para nosso futuro. Felipe queria ir em frente e eu queria voltar. Voltar para os Estados Unidos e tentar ficar com Andy. Como seria isso, eu não sabia. Mas ia tentar. Andy não tinha me ligado até então. Já fazia exatamente uma semana que tinha saído de Nova Iorque. Eu não estava preocupado com isso. Ele ia ligar, assim que tudo estivesse resolvido. Sabia que eu não ia ter noticia antes de dez dias ou até quinze. Foi o que combinamos. Felipe, por sua vez, estava decidido a ficar na Itália e morar com Gino. Antonello era só uma questão de tempo. Felipe me disse que iria fazer de tudo para ficar ali.

— Além do mais, Eugenie está do meu lado e vai conversar com Antonello, caso ele tenha um ataque de ciúmes.

— Então é sério? – perguntei.

— Claro que é sério. Vou morar em Florença. E se for com Gino melhor, mas vai ser com ele. Não volto para o Brasil. Você cuida do meu apartamento em São Paulo para mim. Se precisar de dinheiro, eu vendo.

Felipe falava num tom decidido, que não deixava nenhuma dúvida sobre seus objetivos. E ele foi botando para fora toda sua inquietação.

— O Brasil, com essa euforia de *diretas já*, – vai ficar confuso. E agora com essa doença chegando por lá, já tem muita gente em São Paulo com o vírus. Você viu o clima de horror lá no hospital em Nova York. Vai ser uma tragédia!

— Já é uma tragédia em todos os lugares.

— Sim, é verdade. Mas, se não é possível poder fugir disso, quero ficar aqui na Itália, cercado de coisas lindas. E com Gino ao meu lado.

Paramos de falar alguns instantes. Ficamos curtindo a onda do pó. Depois Felipe me perguntou como eu estava me sentindo com relação ao Andy.

— Ele é o cara da minha vida. Estou apaixonado. Nunca transei com alguém tão doce. Ele é suave e intenso.

— Você deve seguir seu coração, Pedro. Se é com ele que você quer ficar, vai fundo.

— Ele é casado, não vai ser fácil, mas vou tentar ver no que dá. Se ele quiser que eu fique por lá por um tempo, até ele se resolver, vou ficar por lá.

O QUARTO ESTAVA GELADO E ESCURO | 147

Silvana surgiu bela e faceira. Veio caminhando em nossa direção. O dia já estava claro. Notei que sua beleza fica mais evidente à luz do dia.

– Vocês vão voltar para o barco? Acho que vou dormir lá. Não quero pegar a estrada. E acho que a festa vai continuar no barco dos meus amigos. Quero descansar um pouco. Minha tia foi dormir.

– Claro Silvana. Vamos para o barco. Você pode dormir na cabine do Felipe. Ele dorme comigo.

– Com você, não – disse Felipe, rindo.

Silvana ficou conosco mais dois dias. Foi ótimo estar com ela. Isso me deu um gás e me desviou a atenção de Andrew, que continuava pescando de manhã e dormindo cedo. Felipe e Gino continuavam naquele idílio eletrizante. Eles não se importavam mais que os vissem juntos o tempo inteiro. Navegamos em direção ao sul, para uma cidade chamada Ajaccio. Antes, porém, paramos num vilarejo charmoso chamado L'Île-Rousse. Ali Silvana encontrou amigos que estavam em outro barco. Todos da nossa idade. Foi ótimo curtir com a garotada. Eugenie sacou que estávamos gostando da turma e ficamos mais dois dias num clima de farra juvenil. Liguei para casa e tudo estava sob controle. Pensei em ligar para Andy, mas desisti e acabei fazendo umas compras para o café da manhã. Também comprei umas camisetas. Fui com Silvana para o barco dos amigos dela. Passamos o dia lá e à tarde fomos ver o pôr do sol. Depois, já era noite, nós todos nos encontramos e saímos para jantar no vilarejo. Depois de ficar tanto tempo *al mare* era sempre uma sensação diferente pisar em terra firme.

Passava das três da manhã quando voltamos para o Fiammetta. Estávamos completamente loucos de haxixe e vinho rosé. Silvana foi para a minha cabine e ficamos conversando. Adormecemos ali juntos. Eu estava sem camisa, só de *short*. Silvana de biquíni. Ficamos ali, deitados, cochilando e acabamos dormindo. Quando acordamos, já eram quase onze horas. Olhei para Silvana e notei como ela estava belíssima com seu cabelo ruivo. E seus olhos azuis eram como o mar da Córsega: claros e profundos. Fiquei olhando para seu corpo e me deu vontade de beijá-la. Seus lábios não eram atraentes, tinham um tom mais escuro, e acabei beijando-a de leve. Ela sorriu.

– Você gosta de garotas também?

Eu ri um pouco, meio de lado, fazendo charme.

– Gosto bastante de garotas bonitas

Dei um abraço em Silvana e a beijei de novo. E, antes de ficar de pau duro, dei um salto da cama.

– Vamos nadar nus? Completamente pelados?

– Você é maluco!

Mergulhamos no mar sem roupa nenhuma. Nadamos um pouco e, quando o gelo da água nos envolveu, saímos e fomos cada um para o seu quarto.

No café estavam Felipe, Gino, Andrew e o capitão Neil. Silvana chegou e foi o centro das atenções. Andrew e Neil não paravam de elogiá-la.

– Silvana, hoje vamos naquela enseada onde estivemos no verão passado e você amou. Lembra? Onde tem um rochedo em forma de coração? – falou o capitão.

– Que legal. Então vamos passar um rádio para minha turma. Para eles irem encontrar com a gente.

– E aí, patrão. Vamos fazer reserva no restaurante?

– Vamos sim, Lucca. Aproveita e dá os recados para o Pedro.

– Signore Pedro, ligaram para você do Brasil.

Lucca me estendeu um papel onde estava anotado um número de telefone e o nome Aurélio. Olhei para Felipe, que veio logo ler o que estava escrito. Tirou o papel da minha mão e rasgou.

— Vamos para a praia, Pedro. Liga amanhã para esse desgraçado. Felipe falou em italiano e Eugenie, que estava entrando no *deck*, ouviu.

— Quem é esse desgraçado, Felipe? Conta para mim, quero saber tudo – disse ela com um meio sorriso.

— Um bobo lá do Brasil. Se eu fosse o Pedro, nem ligava de volta. Mas como conheço Pedro muito bem, tenho certeza de que ele vai ligar amanhã cedo.

Junquidou era a praia preferida de Silvana, na Córsega. Mar turquesa. Águas calmas. O veleiro demorou apenas uma meia hora até chegarmos próximo à praia. Ficamos nadando e depois fomos pegar sol na areia, com os amigos de Silvana, que chegaram logo depois. Silvana e eu cada vez mais próximos. Almoçamos todos juntos no restaurante de Junquidou. Ela pegou na minha coxa e eu deixei a mão dela lá, me acariciando. Ficamos meio altos com os vinhos rosês. Felipe fez uma piada e não conseguíamos parar de rir. Demos um beijinho na boca e todos começaram a brincar conosco por causa do beijinho. Então nos beijamos de um jeito apaixonado. Um beijão de língua.

Transamos naquela noite e foi incrível. Silvana era doce e lânguida. Muito feminina e fiquei muito excitado de tocá-la por entre suas coxas. Ela gozou muito e eu também. Acordei tarde e fiquei deitado na cama, sonolento. Só algum tempo depois lembrei que tínhamos transado. Uma sensação de plenitude me invadiu. Estava calmo. Descansado. Subi para o *deck*. Chegando lá, Silvana e Eugenie estavam conversando e ficaram caladas quando me viram.

— Bom dia, minhas princesas.

— Bom dia príncipe, falou Eugenie.

Eu me sentei ao lado de Silvana e ela me beijou na boca. Eugenie se levantou e ficou olhando para o horizonte. Navegamos por mais três horas. Fiquei na cabine, pois o sol estava muito quente lá fora. A brisa fresca do mar entrava pela vigia e fazia o ar circular. Ventava muito de frente para o barco e isso atrasou nossa chegada a Citadelle de Algajola.

Eu estava deitado, curtindo o balanço do barco e a maresia, quando Felipe bateu na porta da cabine. Mandei entrar e ele me perguntou se eu queria comer chocolates ou biscoitos. Ficamos jogando conversa fora durante uma meia hora. Então senti que o barco parou. Resolvemos subir até o *deck*. E ficamos perplexos com a beleza do lugar onde o barco havia parado. Uma praia que parecia a imagem de um sonho. O lugar tinha um clima mágico e encantador. A água era de uma cor que oscilava com perfeição entre o azul e o verde. A areia alva e, logo depois, uma mistura de rochas e vegetação. No canto direito um vilarejo que parecia deserto. Não pensei duas vezes. Corri pelo *deck*, dei um grito e mergulhei naquele mar. Ao primeiro contato com a água, um cardume de peixes coloridos abriu passagem para que eu pudesse atravessar meu caminho. Fui nadando até a areia, sem me importar com a água gelada. Depois de uns dez minutos Felipe e Gino chegaram à areia. Gino estava muito feliz de ter nadado.

– Nossa, estou muito cansado – disse Gino.

– Andrew está nos esperando na marina – disse Felipe.

– Descansa que nós vamos andar até lá.

Estávamos descalços e decidimos ir até o Hotel de la Plage. Lá conseguimos umas sandálias. Perguntei se podia fazer uma chamada a cobrar e eles deixaram.

– Oi, Aurélio, tudo bem?

– Oi, Pedro. Quanto tempo! Você está bem?

– Estou sim. E você, Aurélio? Continua trabalhando até tarde?

– O que fazer, né Pedro? Alguém tem que fazer o trabalho sujo. Então me deixa falar. O ministro está indo para Lausanne

daqui a uma semana. Dia 03 de agosto nós saímos daqui. O ministro me pediu para perguntar se você quer se encontrar conosco lá.
– Não, Aurélio. Agora realmente não posso. Daqui a uma semana provavelmente estarei na Sardenha. Estou viajando com uns amigos e a viagem já está toda programada.
– O ministro gostaria muito de te ver. Sei que ele está com saudades.
– Fala para o ministro que nos vemos em setembro, se der.
– Pode deixar. Vou dar o recado.
– Tenho certeza disso. Um abraço.

Felipe e Gino foram andando para a Citadelle e depois iam seguir para a marina. Decidi ir nadando. Perguntei quantos quilômetros havia do hotel até a marina. O rapaz que nos atendeu disse uns dois quilômetros. Fui nadando no mar. Estava frio. Tinha uma correnteza que me empurrava para as pedras e impedia que eu nadasse mais tranquilo. Resolvi ir mais para dentro do mar, forçando as braçadas. Esqueci-me de quase tudo. Pensava na conversa com Aurélio e cada vez apertava mais as braçadas. Até que senti algo do meu lado. Era o *zodiac* de Andrew. Parei de nadar e ele disse que só tinha vindo me acompanhar. Olhei para a marina e ainda faltavam uns mil metros. Fui nadando, sem olhar para trás.

Dormimos naquela noite ancorados e presos entre nossos corpos. Ficamos mais um dia na Citadelle. Eu e Silvana passamos o dia juntos, sem mais ninguém por perto. Praia, sol e beijos na boca. Andamos pela cidade bem à vontade. Biquíni, sunga, *shorts*, camisa e chinelos. O mar azul nos atraía. Parecia só nosso. Só voltamos ao barco quando já era noite. Todos tinham saído e Lucca nos disse que estavam em um restaurante ali por perto. Tomamos banho rápido e saímos de mãos dadas na direção oposta. Queríamos ficar sozinhos. Fomos comer uma *pizza* num lugar escondido e tomamos um vinho delicioso. E, quando estávamos quase acabando a garrafa, Silvana me olhou de um jeito sério e sua voz soou de um jeito perturbador.

– Não me incomodo que você seja *gay*. Não mesmo.

Fiquei olhando para ela, sem saber o que dizer. Não esperava aquele tom de voz. Ficamos mudos por uns instantes.

– Acho legal ficar com um *gay*. Só que agora, com essa doença, estou ficando preocupada.

Não consegui falar nada. Estava perplexo.

– Eu também estou preocupado.

Foi a única coisa que consegui falar naquele momento. Tínhamos transado várias vezes. Eu tinha gozado dentro dela. E agora era como se um *iceberg* estivesse nos separado. Pedi a conta. Andamos abraçados de volta para o barco, mas agora era diferente. Queria muito estar só. No caminho, ela me disse que tinha alugado uma casa em Calvi, com os amigos dela, até setembro. Que eu era bem-vindo para ficar o tempo que quisesse, e quando eu quisesse.

Voltamos para o barco e eles ainda não tinham chegado. Fui dormir, mas fiquei rolando na cama. O sono demorava a chegar. Quando todos voltaram, percebi pelo barulho e pela animação que a farra tinha sido boa. Acordei cedo e o veleiro estava chegando à marina de Calvi. Acho que o barco navegou por uma hora talvez. Subi para o convés e Silvana estava lá, conversando com o capitão. Dei um beijinho nela.

– Bom dia, capitão.

– Bom dia, Pedro.

O café estava na mesa e o suco de pomelo estava fresquinho. E uma ricota deliciosa estava perfeita para ser saboreada com um pão *campagne* que tinha acabado de chegar.

– Todos estão convidados para almoçar na minha casa hoje. Vou sair para comprar umas coisas e às quatro sirvo o almoço. Tá ok, capitão?

– Tá sim, signorina Silvana. Primeiro vou falar com a patroa e o patrão.
– Fala que estou esperando todos vocês. A casa fica na *route* La Pinède, perto do clube de pesca.
Silvana foi embora e fiquei olhando ela se afastar. O capitão colocou a mão no meu ombro.
– Agora você pode voltar a treinar.
– Eu não vim aqui para nadar, não, capitão.
– Olha, garoto, nós fizemos uma aposta e você não vai sair dessa. Vai pra água.
Ele falou sério, como se fosse uma ordem, e dois segundos depois soltou uma gargalhada.
– Você não vai me contar se ela é gostosa?
– Que é isso, capitão? Não vou contar nada. Você vai ter que imaginar.
– Imaginar, eu já imaginei. Mas vocês são bem quietinhos. Aposto que ficaram naquele papai e mamãe.
Nadei durante duas horas e pouco. Fui para o norte da ilha e, quando voltei, estava quase na hora de ir para a casa de Silvana. O almoço foi maravilhoso. A casa era linda, tinha um terreno, uma piscina e ficava a uns cinquenta metros da praia. Os amigos de Silvana eram bacanas. Divertidos, elegantes e tocavam violão. Conheciam algumas músicas de bossa nova. Felipe não resistiu e cantou *Samba de verão*. Eugenie e Andrew estavam calados mas, com o tempo, até dançar eles dançaram. Já o capitão dançou, bebeu e fumou haxixe.
Voltamos para o barco já era noite. Gino quis ficar mais tempo no convés. Fiquei com Felipe. Estava quente aquela noite. Eu precisava dar um mergulho. Tirei minha roupa e mergulhei pelado. Felipe tirou a roupa e mergulhou também. Gino tirou a roupa e veio. A água estava fria, mas não gelada. Gino chegou perto de

mim e disse que Felipe nunca mais ia voltar ao Brasil. Eu ri alto e respondi a Gino:
— Você é casado com Antonello. Por que está fazendo isso?
— Você não está entendendo. A relação com Antonello acabou pra mim. Acabou, entende? Felipe é a pessoa que eu esperei encontrar toda minha vida.

Gino parecia sincero e Felipe o abraçou com carinho.
— Não fala isso, Gino. Você bebeu e vai falar coisas de que pode se arrepender.
— Você está duvidando do que eu sinto?
— Não é isso, Gino.
— Estou apenas falando para seu amigo que vou viver com você. É só isso.
— Fala baixo, Gino.
— Eu estou falando baixo.

Subi pela escada e vi relâmpagos bem longe no infinito.

O quarto estava com o piso molhado e o vento e a chuva entravam pela escotilha da minha cabine. Senti sono e fechei a escotilha. Liguei o ventilador e dormi de novo. Choveu durante dois dias e ficamos em Calvi. Silvana veio nos visitar e acabamos transando de novo. Foi uma transa louca. Em pé na cabine. Um tesão intenso. No final da tarde, a chuva ainda caindo, todos estavam no convés. Foi me deixando excitado ver as pernas de Silvana. Então não pensei duas vezes.
— Silvana vem aqui na cabine. Quero te mostrar uma coisa.
— Vamos – ela disse.

Descemos juntos e, quando entramos na cabine, ela perguntou o que eu queria mostrar. Eu a abracei e nos beijamos. Ela tirou a blusa. Eu já estava sem camisa e fiquei ainda mais excitado ao sentir o toque sensual de nossos corpos despidos. Enfiei minha mão no seu biquíni e acariciei sua vagina. Meus dedos entravam e saíam de dentro dela. Em poucos minutos já estávamos um dentro do outro e ela se esticava para trás e meu indicador tocava seu clitóris e com a outra mão eu tapava sua boca para ela não gritar de prazer. Foi tudo muito rápido. Depois saímos do quarto e, imediatamente, mergulhei no mar. Nadei sem parar. Dois quilômetros para fora em direção ao mar aberto. Estava sozinho longe do barco. Um vazio e tudo tão distante. Parei de nadar um pouco e comecei a boiar. Ali sozinho, no meio do oceano, pensava na minha casa, em Andy e, depois de alguns minutos, pensei em Silvana. Senti que não a veria por um bom tempo. Respirei fundo e voltei a nadar, agora para a direita. Nadei mais um quilômetro e agora o mar estava mais agitado. Resolvi voltar para o barco e, quando cheguei, estava tão exausto que me joguei no chão da proa e fiquei lá por um bom tempo. Escureceu e eu ainda estava lá. O capitão me viu ali jogado e chegou perto.

– Vamos puxar a âncora e zarpar em vinte minutos. Você quer ir a algum lugar se despedir de alguém? Eu te espero.

Olhei para ele e comecei a chorar. As lágrimas escorreram pelo meu rosto.

– Não precisa, capitão, já nos despedimos.

Fui dormir morto de cansado e triste. Acordei e, quando abri a escotilha, vi uma pequena baía. O visual era encantador. Uma praia de rochas com a água turquesa transparente. O dia foi maravilhoso. Bem relaxante. Acabamos todos almoçando no pôr do sol, em uma pequena casa de pescadores que cantaram musicas corsas antigas. O peixe tão fresco saiu da água direto para o forno com um molho de vinho branco, tomates e alecrim, servido com garrafas de vinho Chablis. Bebemos umas oito garrafas. Um porre e tanto. Eugenie ficou tão louca que pediu um teco para Felipe.

– Não faça isso, meu amor. Você vai ficar acordada a noite toda – disse Andrew.

No banheiro do restaurante, Felipe fez quatro carreiras grandes e Eugenie cheirou duas linhas. Ela deu dois passos para trás e falou comigo, num tom que me soou estranho.

– Você não vai fazer mal a minha sobrinha, não é?

– Fazer mal? O que você quer dizer com isso? Nós só ficamos amigos. Gosto muito da Silvana.

– Mas não vai gostar demais, falou Eugenie.

Depois daquela noite, tudo mudou de repente. Fiquei com raiva de Eugenie. Achei que ela foi desrespeitosa e que, no fundo, o medo da aids estava presente naquelas palavras. Ficamos meio afastados um pouco. O convívio perdeu aquela magia. Mas a educação prevaleceu no clima entre nós. Evitei sair na noite seguinte para jantar com o grupo. Fiquei no barco e dormi cedo. No quarto, fiquei examinando meu corpo para ver se tinha aparecido uma mancha ou algum sinal. Nada. Depois fiquei me observando no espelho. Estava sem barriga, seco. Meus ombros estavam com músculos e meus braços alongados. Acabei fazendo uns exercícios de alongamento e percebi que estava na minha melhor forma.

No dia seguinte, acordamos ancorados na Plage d'Arone. Espetacular. Não havia como ficar de mau humor ou qualquer outra coisa. Mesmo sozinho, eu nadava três mil metros por dia. Logo depois de acordar e tomar meu café, eu dava um tiro, calculava a metragem com o capitão e para onde a corrente estava mais fraca. Às vezes o capitão me enganava e eu sentia um esforço enorme para nadar os últimos mil metros. Nos últimos dias, até chegar a Ajaccio, era como se eu não sentisse mais nada. O corpo fluía e eu ia nadando e, quando terminava, ainda tomava sol e comia a melhor comida que já tinha comido. Assim cheguei a nadar quatro mil metros. Às vezes dois de manhã e dois à tarde. Havia um clima amistoso. Um desejo dos anfitriões de deixar todos os convidados fazer o que quisessem. O café da manhã ficava posto e à tarde um dos marinheiros vinha e dizia o que ia acontecer. Se estivéssemos navegando, o almoço era leve. Mas isso só acontecia se estivesse chovendo, porque ou estávamos ancorados em uma baía, ou praia, ou estávamos em uma marina. Sempre navegávamos à noite e acordávamos já em outra praia. Felipe e Gino agora formavam um casal. Dormiam juntos direto. Andavam junto o tempo todo. Havia três dias que eu fazia praticamente tudo sozinho. Nadava e conversava um pouco com o capitão Neil, mas ele evitava falar de sua vida privada. Era sempre sobre viagens e competições. Lucca também vinha na minha cabine e ficava conversando, mas sempre com a porta aberta. Andrew conversava um pouco. Sempre era o primeiro a acordar e o primeiro a ir dormir. Eugenie estava cada dia mais bronzeada e desfilava seus *looks* Yves Saint Laurent Rive Gauche. Mas também usava muita roupa local, que comprava nas *boutiques* das vilas que a gente visitava. Fazia *topless* no barco e nas praias. Aos 37 anos, ela estava espetacular. Um dia Felipe falou que Gino disse que Eugenie tinha quarenta anos. Difícil de acreditar.

Chegamos ao golfo Girolata pela manhã e Eugenie inexplicavelmente acordou cedo. Quando subi para o café, ela já estava lá.

– Venha, Pedro. Quero te mostrar o golfo Girolata. Sabe, quando eu tinha sua idade, eu e meus pais vínhamos de barco até aqui e a gente pescava durante horas. Depois subia lá em cima, onde tem um restaurante bem singelo. Meu pai mandava assar os peixes que ele pescava e minha mãe lia o tempo todo. Ela estava sempre com um livro na mão. Então víamos o pôr do sol de lá.

À tardinha encostamos o barco na marina e o entardecer foi surpreendente. Encontramos outro barco repleto de jovens franceses e locais e o dia acabou em uma grande festa. Ficamos por ali mais dois dias e, quando chegamos a Ajaccio, era dia 8 de agosto. Fazia quinze dias que estávamos no barco.

Ajaccio era uma cidade deliciosa e cheia de referências ao seu cidadão mais ilustre, o lendário Napoleão Bonaparte. A Córsega é mais antiga do que parece e sua história vem desde o tempo da Europa antiga. Logo que chegamos, Eugenie providenciou um historiador que fez um passeio conosco e nos explicou tudo sobre a cidade. Gino também dava aulas sobre a história da Córsega e Eugenie também contava o que sabia sobre o lugar. A conversa deles virou quase que uma competição para saber quem sabia mais sobre Ajaccio. Logo depois que chegamos, Eugenie disse que o capitão informou que o *yacht* de Elza chegaria dali a dois dias. Ficariam duas noites e depois partiriam para a Sardenha. Gino e Felipe nem se coçaram. Eugenie chamou um *chef* para fazer a comida no barco. Achou a cidade cheia e não gostava dos restaurantes de Ajaccio. Tinha marcado esse jantar com o *chef* e, na noite seguinte, um jantar em um restaurante local. Na terceira noite íamos até o *yacht* e depois, se quiséssemos, poderíamos ir embora para a Sardenha. Dia 15 ela e Andrew iam passar uma semana na Dinamarca. Depois iam passar mais uma semana em Porto Cervo, mas podíamos ficar no barco, se quiséssemos. O barco e a tripulação estavam a nossa disposição até o dia 30 de agosto.

Tudo isso foi dito nessa noite em clima muito agradável e convidativo, enquanto vieiras grelhadas eram servidas com molhos e caviar por cima. Gino ouviu tudo e falou dos seus planos.

– Eu e Felipe vamos alugar uma casa na Sardenha para o mês de agosto e vocês são nossos convidados. Vamos ver isso tudo amanhã ou depois. Adoro a Córsega, mas me sinto mais em casa na Sardenha, um lugar que Felipe não conhece. .

Na manhã seguinte estava quente, quando acordei. Olhei pela escotilha e vi ao longe um barco se aproximando do porto. Escovei meus dentes e subi correndo para o deque. Nosso barco não tinha ancorado na marina. O capitão achou melhor, depois que conversou com Eugenie, que ficássemos no mar. E, quando quiséssemos ir à cidade, o *zodiac* nos levaria. O *yacht* de Elza veio silencioso, mas quando chegou perto de nós soltou uma buzina alta e veio direto em direção ao lado da marina que estava vazia. Foi se colocando de lado e parou. Tinha umas vinte pessoas esperando para ajudar na ancoragem. Foi um *show*. Eu não me cansava de admirar. O *yacht* era lindo. Espetacular e tão sofisticado! O capitão veio em minha direção.

– Nossa prova está chegando, daqui a uma semana. Antes de chegarmos a Porto Cervo.

– Tenho treinado para uma distância maior. Não vou nadar apenas mil e quinhentos metros.

– Tudo bem, mas eu tenho que nadar uma distância a que eu estou acostumado.

O céu da Córsega estava de um azul intenso, derramando o verão sobre as nossas cabeças. O calor estava forte. Gino e Felipe subiram para o convés e eles pareciam ansiosos.

– Eles chegaram então – falou Felipe, avistando o *yacht* de Elza.

– Gino estou querendo abrir uma conta bancária, eu falei. Preciso depositar um dinheiro e receber também. Mas tenho que ter um endereço na Itália. Posso usar o seu?

– Claro. Deve ter uma agência aqui do Banca Nazionale dei Lavoro.

Fomos os três rodar por Ajaccio e na Cours Napoleon encontramos uma agência do banco. Lucca veio conosco, usando *jeans* e camiseta. Tinha uma lista de supermercado para fazer. Gino brigou com ele para pagar o supermercado. Lucca se recusava a aceitar. No final Gino pagou o supermercado e ainda deu duzentos mil liras para ele comprar mais alguma coisa. Ainda não tínhamos dado nada a ele. Felipe o segurou pelo braço e falou num tom solene:

– Lucca, hoje é seu dia de sorte.

Felipe abriu a carteira e tirou duas notas de 100 mil liras e entregou para ele.

– Não, seu Felipe, eu não posso aceitar.

– Fala com ele Gino, é por nós dois.

– Aceita logo, Lucca. Temos que ir ao banco.

Lucca aceitou e Gino perguntou como íamos fazer para agradecer aos marinheiros. Combinamos de dar quinhentos dólares ao capitão. No banco, Gino tomou a frente e resolveu tudo com o gerente. Depois que coloquei o dinheiro no banco me deu certo arrependimento, mas pelo menos ele estava lá, tinha um recibo com o meu nome. Eu estava mesmo na Europa e precisava daquele dinheiro para ficar até setembro.

Depois do banco eu, Felipe e Gino fomos curtir a cidade. Por sugestão de Lucca, que foi fazer compras, alugamos lambretas e fomos conhecer Ajaccio. Ficamos o dia inteiro passeando, observando com fascínio tudo o que víamos pela frente: as ruas, as casas, as pessoas, as lojas, as praias. Só voltamos para o barco quando estava começando anoitecer. O sol já tinha se posto e ficamos na marina conversando e esperando o *zodiac*. Passaram um rádio da marina para o barco e depois de 15 minutos Lucca veio e não estava tão alegre como de costume. Não tínhamos bebido nada, apenas refrigerantes, e comemos mariscos e uma *focaccia* de queijo de cabra. Estávamos bem.

Subimos no barco e no *deck* encontramos Eugenie, Antonello e Andrew. Uma música italiana tocava ao fundo. Apesar do clima amistoso com a nossa chegada, senti uma tensão no ambiente.

– Oi, *ragazzi*, falou Andrew. Como vocês estão?

– Estamos bem, alugamos lambretas e fomos rodar pela cidade.

Fui até onde estava Antonello e lhe dei dois beijos.

– Antonello, como você está? Tudo bem?

Felipe estava trás de mim e também foi logo falando com ele.

– *Ciao*, Antonello. Como está?

Antonello nos olhou com um ar entediado.

– Tudo ótimo, rapazes. Bom, eu já estava indo.

Antonello se levantou e foi saindo um tanto apressado. Eu não consegui evitar e perguntei:

– Você não vai ficar com a gente?

– Vou ficar no *yacht* com minha amiga Elza. Ela não está muito bem e precisa da minha companhia. Amanhã nos vemos. Depois a Eugenie conta tudo. *Ciao* para vocês.

Felipe logo foi para o quarto e eu fiquei no *deck* com os outros. Peguei um café. O tempo estava quente, mas eu queria tomar algo que me despertasse. A voz de Eugenie soou forte.

– O tio da Elza, dono do *yacht*, está morrendo em Mônaco. Está internado num hospital. Parece que é aids.

– Ou um câncer, falou Andrew. Ninguém sabe ao certo. Amanhã tem um jantar lá no *yacht*. Você e Felipe estão convidados.

– Se vocês forem, nós vamos, claro – falei.

De manhã, o capitão me chamou para nadar com ele. Fomos com o *zodiac* para o norte, próximo à praia de Trottel, e nadamos três mil metros. O capitão tinha emagrecido nestes dias. Não estava seco, mas seu corpo de nadador ainda estava ali. Terminei, como sempre, morto. Ele estava ótimo. Depois de descansarmos uns vinte minutos, ele quis mais treino.

– Vamos mais dois mil metros?

Descansei a tarde toda e no *sunset* subi para o *deck*. Tinha um peixe maravilhoso, assado com batatas e azeite e molho de tomate. Comi muito e voltei para o quarto. Felipe entrou, com um baseado na mão.

– E aí, como vai ser hoje? – perguntei.

– Não sei de nada. Gino de tarde veio com um telegrama da imobiliária com o aluguel da casa na Sardenha. Ele disse que alugou a casa por quarenta e cinco dias. Até o dia quinze de setembro – contou Felipe.

Gostei do que Felipe disse. Mas ele em nenhum momento falou que ia conversar com Antonello.

– Fico pensando: e se, depois de tudo, isso acabar em nada? Vou ficar muito puto.

– Bom, você disse que vai ficar na Itália de qualquer maneira. Não fica maluco por antecipação.

– Vou ficar mesmo na Itália. Eu até já conversei com Eugenie e ela ficou de me ajudar a arrumar um emprego. Vou trabalhar em loja, restaurante, o que der.

– Eugenie tem sido muito bacana. Ela conhece Antonello da vida toda, mas adora o Gino. Já viajou com ele, só os dois, para a Tunísia, Egito e Jordânia. Ele passa fins de semana na casa dela em Londres, e ela me disse que nunca viu Gino tão feliz. Então – respondi – não tem com o que se preocupar.

– É. Pode ser. Mas quero que o Gino fale para Antonello que acabou tudo entre eles. E que nós vamos ficar juntos em Florença. E aí eu vou ficar mais tranquilo.

– Espera um pouco, Felipe. Dá um tempo para ele. Não deve ser fácil desfazer um relacionamento assim.

– Você quer dar um teco antes de irmos para o jantar no *yacht*?

– Eu preciso – falei. Tô morto. Minhas pernas estão duras.

– Você com essa ideia de nadar o tempo todo. Hoje te procurei para ir à praia e você já estava aqui jogado.

– Nadei cinco mil metros e ainda ventava. Foi um sufoco. Achei que não ia acabar mais. Andy não ligou ainda e eu aqui louco para transar. Cheio de tesão.

– Pega esse capitão, brincou Felipe.

– Até já pensei nisso, mas tem algo nele que acho esquisito. Não bate.

Saímos do barco deviam ser umas dez e meia. Vesti um *short* branco, camisa azul de manga curta do Perry Ellis, estreei um Sperry branco que comprei em Bastia e lá fomos nós. Eugenie deslumbrante, com um vestido curto amarelo e com pulseiras de ouro. Gino foi de camisa listrada tipo marinheiro e Andrew estava todo de branco com uma bandana no pescoço azul-marinho. Elza estava ótima e nos recebeu na escada do *yacht* que estava ancorado na marina principal de Ajaccio. Ainda não estava cheio, tinha umas trinta pessoas e o *champagne* Moët & Chandon rolava à vontade. Uma mesa cheia de frios, que incluía frutos do mar. Alguns amigos de Elza eu já conhecia. Phillip, o namorado inglês, apareceu. Ele tinha um ar preocupado, quando começamos a conversar, e não estava queimado de sol. Era um dos poucos que pareciam estar em outro lugar. Durante a festa, Eugenie me contou que ele tinha pedido Elza em casamento e que eles iriam morar em Londres.

– Você não toma sol? – perguntei.

Phillip riu e disse que esteve tão ocupado com o trabalho que não teve tempo de pegar sol.

– Costumo ficar trancado no escritório do barco. Quando estávamos em Mônaco, trabalhei o tempo todo. Este final de semana, se o trabalho permitir, vou tomar sol. Vocês vão ficar mais alguns dias por aqui?

– Sim, vamos, eu acho. Não sei ao certo. Eugenie é quem faz o roteiro da viagem. Quero te dar os parabéns pelo casamento.

– Esta festa é a nossa primeira como noivos.

Senti uma mão me tocando o ombro e me virei. Olhei para cima, de onde eu estava sentado. Era Antonello. Ele estava me olhando com uma cara meio de curiosidade e espanto.

– Você pode me dar um minuto? – ele falou em inglês.

O tom da voz dele me incomodou um pouco. Fomos para um canto. Então sua voz soou num tom desafiador.

– Quem são vocês?
– Como assim, Antonello? Eu o toquei no braço, ele se esquivou.
– Vamos ali pegar um *champagne* – eu disse.
– Não entendo. O que vocês fazem?
– Eu estudo administração de empresas. Felipe estuda arquitetura. Somos brasileiros. Moramos em São Paulo. O que você não entende?
– Mas... E aquela cocaína toda?
– Não é toda. Ganhei de um amigo em Nova York. Não podia jogar fora e não é da sua conta se nós temos dez ou vinte gramas. Que diferença isso faz para você?
– Mas é muita droga – ele falou.
– Uma quantidade normal. Não é tanto assim.
– Como não? Nunca vi tanta droga desse jeito. E logo no barco da Eugenie. Ela está horrorizada.
– Horrorizada? Não me parece. Ela não veio falar nada conosco. Aliás, não estou entendendo essa sua abordagem inconveniente. Não fica bem para um aristocrata como você.
– Só digo uma coisa: se algo acontecer com meus amigos, eu acabo com vocês. Tenho grande amizade por Eugenie e Andrew. Eles são como afilhados.
– Mas o que pode acontecer?
– Sei lá! Estou achando tudo isso muito perigoso. Onde existe muita droga, sempre existe uma boa quantidade de perigo.

Vi Felipe, de longe, nos observando. A conversa do Antonello tinha começado a me irritar. Tomei uma *flute* inteira. Pedi outra e bebi num gole só. Virei para Antonello e olhei bem nos olhos dele, num tom de desafio.

– Não tenho culpa se o Gino trocou você pelo Felipe.

– O Gino não me trocou por ninguém. Não mude de assunto. Estou apenas dizendo para você não prejudicar meus bambinos.

– Posso não ser tão rico quanto você, mas não se preocupe. Sei me cuidar bem. E jamais faria algo que pudesse prejudicar Andrew e Eugenie. E se a minha presença e o meu jeito de ser te incomodam tanto, faça alguma coisa!

Cruzei os braços, dei uma leve pinta e encarei a fera.

– E agora? Vai fazer alguma coisa?

Antonello me olhou com um misto de desprezo e rancor pela minha juventude. Parecia sentir mágoa pelos meus vinte anos. Então me deu as costas e saiu.

– *Vafancullo* – eu disse, já catando mais uma taça.

A noite foi correndo e mais gente foi entrando no barco. Lá pela meia-noite e meia o *yacht* deixou o caís, saiu do porto de Ajaccio e ficou mais afastado da marina. Ficou numa distância de onde podíamos ver a cidade e seus reflexos na água do mar. *Disco music*, luzes, raio *laser*. Uma verdadeira boate. Mais de cem pessoas no barco. Por todos os lados tinha gente. Bem mais tarde, quando a música já estava mais calma e eu já tinha bebido bastante, encontrei Andrew na proa do barco. Eu tinha ficado melancólico. Ele encheu minha taça.

– Obrigado pelo *champagne*. Também quero te agradecer de novo pelo que você fez por mim. Conseguiu retirar aquele canudo entalado no meu traseiro.

– Foi muito insano, mas valeu. Deixa isso pra lá – ele disse.

– Já deixei, mas não era isso que eu queria. Tinha algumas expectativas e tudo deu errado.

– O que quer dizer? Que expectativas?

– Bem, eu queria dividir algo com você nessa viagem. Um momento só nosso. Algo inesquecível, mas não daquela maneira.

– Bem, desculpe te decepcionar. Mas acho que você está viajando. Eu sou heterossexual. Não há algo que eu tenha feito que possa fazer você pensar dessa maneira.

– Pode ser, mas você foi até onde ninguém foi. Eu ri e ao mesmo tempo meus olhos se encheram de lágrimas.

– Quero que saiba que eu faria aquilo com qualquer pessoa que estivesse na sua situação. Mas estamos aqui. Eu e você. E este momento é nosso. Você é um garoto ainda, tem muita coisa para viver. Não faça nada de que você se arrependa.

Ele me puxou, me deu um abraço apertado e disse algo no meu ouvido.

– Se acontecesse algo entre nós, a gente não teria este momento, entende?

Voltei para o nosso barco antes de todos. Esperei para sair do *yacht*, pois tinha várias pessoas deixando o barco, indo ou para o cais ou para outros barcos. O *zodiac* se aproximou da escada e Lucca me deu a mão. Quando estávamos a caminho do Fiammetta, no meio do mar, fogos começaram a explodir de um local em terra próximo ao *yacht*. Foi lindo. Os fogos explodiam no céu e a gente podia ver os reflexos na água. *Champagne*, cocaína e os fogos: parecia uma noite mágica. Não consegui dormir. Fiquei na cabine. Não quis ir lá fora ver o dia nascer. Tomei um seconal americano que ainda tinha na minha bolsa. Tinha um vidro com uns doze comprimidos. Fiquei olhando fixamente para eles. Tive vontade de tomar todos.

Acordei e, quando abri os olhos, vi na estante ao lado o tubo com os remédios. Fiquei olhando e tentando me lembrar do que havia acontecido. Dormi de novo e acordei com uma batida na porta e o capitão Neil entrando.

– Como você está?

– Estou cansado – eu disse.

— Ontem você subiu cambaleando para o *deck* e apagou lá em cima. Lucca te trouxe para baixo, viu esses remédios e me mostrou. Fiquei preocupado.

Pulei da cama e fui para o banheiro. Achei bacana o capitão ter ficado preocupado comigo.

–Não é nada, meu capitão – falei, escovando os dentes. Queria dormir, não conseguia e tomei um remédio. Desculpe se eu fiz algum estrago. Felipe já subiu?

– Não. Só a patroa e o patrão. Estão tomando café.

– Você comentou com eles?

– Não, queria te ver antes e saber como você está.

– Estou bem – eu disse. A mistura do álcool com o remédio me fez mal. Mas vou sobreviver.

– Tá bom, mas se cuida, tá?

– Pode deixar.

Subi para o *deck* e Eugenie estava radiante. Abriu um largo sorriso quando me viu.

– Olha só o que eu ganhei do Andrew.

Fez um gesto com o braço direito e me mostrou uma deslumbrante pulseira de turquesas com brilhantes.

– Nossa, que espetáculo! Fabulosa. É de qual joalheiro? É do Van Cleef?

– Não, é Bulgari. Parece bem decô, mas é do começo do sucesso da casa, quando eles faziam muitas joias com essa inspiração.

– Comprei num leilão no mês passado, em Genebra, e pedi para me entregar aqui – falou Andrew.

Lucca me serviu ovos com presunto e torradas. Ele deu uma risadinha, quando me olhou.

– O que houve, Lucca? Eu te agarrei ontem à noite?

– Quase – ele disse e sorriu.

— Poxa, me desculpe, foi mal. Bebi tanto naquela festa. Fiquei tão louco. Perdão, Lucca.
— Não, *signore* Pedro. Que é isso!
Eugenie riu e disse:
— Imagina, Pedro. O Lucca já está acostumado com essas situações.
— Onde estão os inseparáveis Felipe e Gino?
— Já foram passear no litoral — disse Lucca.

O capitão Neil passou por trás de mim e colocou um envelope bem em frente ao meu copo de suco. Olhei para o envelope e senti um frio na barriga. Instantes. Olhei para o capitão, que tinha dado a volta na mesa e agora estava de frente para mim, em pé, me olhando. Respirei e abri o envelope.

"*Estarei nesse endereço em cinco dias, te espero. Fico lá por dez dias e sua passagem está na United em aberto. NewYorKxLAxNewYork. É só marcar. Se você chegar antes, pegue a chave com a senhoria Audrey no primeiro andar. Love Andy!*"

O endereço estava ali, tudo como eu imaginei. Fiquei atônito. Senti um calor subindo. Foi como se o mundo tivesse parado ali naquele momento. Fiquei paralisado. Olhei fixo o mar. Depois me virei para o capitão. Olhei direto nos olhos dele.
— E aí, capitão Neil? Quando vai ser nossa prova?
— Quando você quiser. Eu estou sempre pronto. Tem uma praia aqui perto e colocamos o barco há uns três quilômetros e meio da praia. Vamos até a areia e voltamos.
— Sete quilômetros não é muito? — perguntei.
— No máximo uma hora e meia — o capitão disse. Você já nadou outro dia, cinco quilômetros, não foi? Mais dois quilômetros não é muito. Quando pode ser?
— Amanhã — eu disse.

Fui para minha cabine, onde li e reli o bilhete. Peguei um dinheiro no esconderijo e fui para o centro. Encontrei uma agência de turismo e consegui marcar um voo para Roma em três dias. E ainda a tempo de chegar para o voo de Nova York. A francesa que me atendeu conseguiu que eu não pagasse a alteração do voo para Nova York. Ela foi tão gentil que, na saída da agência, me ocorreu uma pergunta.

– Chérie, quando custa um *upgrade* para a primeira classe? Tem lugar ainda?

Por mais 700 dólares consegui um lugar na primeira classe. Paguei no cartão, pensando que talvez eu não fosse pagar essa conta. Voltei para o barco, que ainda estava ancorado em um *deck* da marina de Ajaccio. Felipe e Gino estavam no convés.

– Felipe, vem comigo na minha cabine.

Mostrei o bilhete. Ele ficou sério por uns minutos. Depois perguntou:

– E aí? Você vai se encontrar com ele?

– Claro que vou. Já fui à cidade e marquei o voo para Nova York para daqui a três dias. É o que eu mais quero. Ele é o cara da minha vida.

– Você acha mesmo?

– Sim, tenho certeza.

– Mas você acha que vai ficar com ele?

– Ah, isso, eu não sei. São muitas coisas envolvidas. Ele nem é *gay*, mesmo. Ele é bissexual.

– Por que você não fica aqui e pensa mais sobre isso?

– Pensar o quê?

– Não sei. Talvez pensar em encontrar um cara mais resolvido, assumido. Você vai arriscar tudo de novo em uma relação que pode não dar certo. Ele é casado. Às vezes eu acho que você não quer ser feliz. Quer ter umas aventuras e depois ver como vai ser.

– Talvez eu seja feliz assim. Lutando por algo que eu sinta que é só meu. Você tem o Gino, que com certeza já amou o Antonello e agora ama você. Vocês provavelmente vão morar juntos. Como um casamento dos héteros. Uma chatice. Uma imitação.

– Mas como pode ser diferente, se não experimentarmos o que conhecemos?

– Bom, eu não sei no que vai dar. Só sei que vou curtir esse momento, porque eu não sei o que vai acontecer. Talvez eu morra jovem, com essa doença. Sei lá. Não tem mais nada para eu fazer aqui a não ser vencer essa corrida maluca contra esse capitão *gay*. Porque ele é *gay*. Tenho certeza.

Felipe começou a rir e não conseguia mais parar.

Eugenie estava deitada no *deck*. Sua figura poderosamente feminina valorizava a paisagem. Eu me aproximei e sentei perto dela.

– Eugenie, eu vou partir daqui a dois dias.

– Pedro, querido, o que houve? Ainda temos que ir para a Sardenha e a Costa Esmeralda. Você não pode ir embora logo agora.

Sua voz de gatinha manhosa deixava qualquer um seduzido.

– Vou voltar para Nova York e depois tenho que resolver minha faculdade no Brasil.

– Mas suas férias não acabam em agosto? E Nova York esta época é um forno. Você vai sufocar – disse Eugenie.

Olhei lá no fundo da baía e vi o *zodiac* voltando com Andrew, o capitão e Lucca. Eles subiram no barco e todos estavam de sunga.

– Que horas você quer fazer a corrida?

– Acho que umas dez da manhã.

– Tá ótimo – falei. Vou fazer um treino daqui a pouco. Lucca, você me leva no *zodiac*?

– Levo sim.

– Quando você vai partir? – perguntou Eugenie.

– Vou dia quatro, daqui a dois dias.

– Então amanhã vamos fazer um jantar de despedida. Vamos chamar Elza e Phillipe. Eles também viajam para a Grécia no fim de semana e é uma oportunidade para todos fecharem esse ciclo e começarmos outro. A lua está crescente, podemos jantar no alto-mar. Vou providenciar tudo.

Fui dormir cedo, ainda estava com um pouco de ressaca e sem sono. Pensava em Andy e quase esqueci que ia nadar seis mil metros. Nadei dois mil metros de tarde e saí da água muito bem. Sabia que ia ter que nadar muito mais, mas me sentia bem para a prova.

Um movimento atrás da porta me acordou. Eram oito e quinze da manhã e o dia estava ensolarado. Olhei pela escotilha e o oceano estava parado. Uma calmaria. Subi para o convés e ninguém ainda tinha acordado. O capitão estava tomando café. Estava só de robe e sunga.

– Senta aqui – ele falou.
– O que você vai querer comer?
– Tem aveia? – perguntei.
– Tem sim – disse Lucca, que estava por ali em função do café da manhã.
– Você sabe fazer um mingau? *Porridge*? *Oatmeal*?
– Sei fazer sim.
– Quero um.
– Também quero – disse o capitão.

Chegou o mingau, piquei uma banana, coloquei um pouco de mel e raspei o prato. Já estava quase na hora da prova e só Andrew tinha se levantado. Quase às nove e quarenta eu dei um mergulho no mar e vi que a água estava gelada.

– Quanto você acha que está a temperatura da água, capitão?
– Mais cedo a temperatura estava dezessete graus – ele disse.

Nadei um pouco e voltei para o barco, que já estava de frente para a pequena faixa de areia. Bem longe, passei um óleo no corpo. Já tinha visto o capitão fazer isso e esta era minha primeira prova. O capitão mergulhou na água e nadou um pouco. Suas braçadas eram vigorosas e em pouco tempo ele atingiu cinquenta metros. Voltou para o barco. Faltavam dez minutos para as dez. Felipe subiu para o convés e logo atrás veio Gino.

-- Vou mandar o Lucca ir pela sua esquerda com o *zodiac* para nos guiar até a faixa de areia. Quando ele desligar o motor é que está chegando à praia. Vamos até a areia e voltamos com ele na sua direita.

– Tá bom – eu falei.

Felipe me abraçou e sussurrou algo no meu ouvido.

– Ganha dessa maricona enrustida!

– Pode deixar – eu disse.

Andrew desejou boa sorte. Sorri para ele. E Gino disse que estava torcendo por mim.

Mergulhamos de novo no mar. Lucca estava usando um apito. No convés estavam todos os marinheiros e aí percebi que tinham várias lanchas paradas perto do barco com muita gente de binóculos. Quando bateram dez horas em ponto, além do apito ouvi várias sirenes das lanchas e comecei a nadar. Logo eu só ouvia o barulho baixo do *zodiac* próximo a mim. Passaram dez minutos e senti que meu ritmo estava bom. Que não ouvia mais nada a não ser meu pensamento e aquele motorzinho de fundo que soava como uma musiquinha. Esperei um pouco, dei uma meia parada no ritmo e vi o capitão uns vinte metros na minha frente. Fui nadando um pouco mais de ritmo forte e puxei o corpo nas braçadas procurando alongá-las o mais que podia. E assim ficamos por quase quarenta minutos. Ouvi o motor diminuir e as pedras se aproximavam pela minha direita, até que tentei colocar os pés no chão e não consegui. Dei mais umas braçadas e coloquei os pés numa mistura de pedras e areia. Eu me ergui e o capitão corria na

O QUARTO ESTAVA GELADO E ESCURO | 173

minha direção, mergulhou e passou por mim. Corri até a areia, me virei para o mar e vi o barco longe. Flexionei os joelhos, respirei fundo e mergulhei de novo no mar. Estiquei novamente as braçadas e fui em frente. Ouvi o barulho do motor baixinho, agora pela minha direita. Nadei uns dez minutos. De repente senti a água esfriar muito. Ficou gelada. Continuei no ritmo, mas meu corpo doía. Meus braços pareciam lâminas de metal cortando o mar. Procurei manter a calma. Minha cabeça pesava para erguê-la fora da água. Estava difícil. Só virava o pescoço e respirava. A água ficava cada vez mais fria. Mesmo com o sol brilhando sentia dois calafrios seguidos como se fosse um choque. Pensei em parar uns segundos. Dei uma respirada maior e perdi o ritmo. Não sentia minhas pernas baterem. Só os meus braços. Recuperei o ritmo das braçadas e fui em frente. Depois de alguns minutos estava exausto, mas forcei ainda mais o ritmo até sentir que não ia aguentar. Uma imagem começou a aparecer na minha mente. A imagem de um homem sentado em uma rocha próxima ao mar. Fixei minha mente na imagem e nadava, nadava e nadava. O homem no rochedo: afinal era quem? Não conseguia ver o rosto. Os minutos pareciam intermináveis. Já não sentia nada abaixo do quadril, pernas, pés. Tudo estava gelado. Senti que ainda faltavam alguns minutos antes que eu desistisse. Alguns minutos! Era só isso que eu pedia ao homem sentado na rocha. Ele, que estava bem próximo de mim, foi-se afastando na minha mente e ao mesmo tempo o motor foi diminuindo. Ouvi Felipe gritar.

– Vem Pedro. Vamos! Vamos! Nada, nada, nada.

Então minha mão tocou no barco. E foi como um milagre. Afundei um pouco e, quando voltei à tona, Andrew estava me segurando. Ele me levou até a escada do barco. Eu não tinha força para subir. Ele pediu ajuda aos marinheiros. Vi o capitão ao lado dele.

– Calma, Pedro. Respira normalmente. Vai acabar tudo bem.
– Ele está gelado e vai entrar em choque – ouvi Andrew falar.

Não vi mais nada. Escutava as pessoas falando, mas tudo parecia longe de mim. Cada vez mais longe. Até que apaguei.

Fui recuperando os sentidos. Meu corpo estava todo coberto com toalhas. E Andrew me fazia beber algo quente, parecia um chá. Mas era água quente mesmo. Não tremia mais. Consegui respirar fundo.

– O que você está sentindo? – perguntou Andrew, com o capitão Neil ao seu lado, ambos ajoelhados na minha frente.
– Sinto muito frio.
– Você consegue ficar de pé? – perguntou o capitão.
– Acho que sim.

O capitão ficou de pé e me deu a mão. Fiz esforço e consegui me levantar sem ficar tonto. O capitão fez um gesto de aplauso com as mãos e sorriu.

– Você ganhou, meu garoto – disse o capitão. Nadou muito no último quilômetro. Passou na minha frente como um raio e não perdeu o ritmo. Ganhou por seis segundos. Fez um ótimo tempo. Uma hora, seis minutos e vinte segundos.

– Eu não acredito! Eu não acredito!
– Foi isso mesmo, meu querido, você ganhou dele, falou Felipe.

Estávamos na minha cabine e já passava das duas horas.

– O capitão falou que você teve uma hipotermia, que podia até ter morrido. Podia ter tido uma parada cardíaca. Quando você desmaiou, ele deu um soco no seu peito.

– Minha pressão é baixa e a água ficou muito gelada de repente. Eu me esforcei muito para não desistir. Ainda sinto a corrente fria por debaixo de mim. Uma sensação muito estranha. Ao mesmo tempo, comecei a ter umas alucinações. Via um homem sentado na rocha. Um homem triste de cabelos compridos me observando. Não sei quem era ele.

Andrew entrou no quarto, segurando na mão direita um bolo de dinheiro amassado. Ele me estendeu o dinheiro.

– Fala, meu garoto! Isto aqui é seu. Tem dois mil dólares aí.

Gino entrou na cabine logo em seguida. Eu me sentei no beliche. Estava me sentindo feliz de ter eles de volta, ao meu lado, me aplaudindo.

– Você está indo para algum lugar que ainda não nos contou, falou Gino.

Eu dei um sorriso, meio maroto, meio tímido.

– Estou indo encontrar o meu amor.

Felipe, Gino e Andrew soltaram risos e gritinhos.

– Olha só. Então o veadinho tem um casinho. Está enrolado com um macho?

Gino falou em um italiano tão chulo que fiquei até espantado. Felipe soltou uma gargalhada e Andrew também. O som do motor de um barco surgiu lá fora, se aproximando. Andrew olhou pela escotilha.

– Ih! Antonello está chegando. Bom, vou subir um pouco e depois vocês sobem.

Ficamos eu e Felipe, de novo, sozinhos na cabine. A gente se olhou fixamente. Então eu joguei os dólares para o alto. E rimos bastante.

– Agora você é uma bicha rica. Depositou aquele dinheiro no banco e agora tem mais uns dois mil dólares para gastar com seus machos.

– Felipe, vou dar 700 dólares para o capitão distribuir como gorjeta para os marinheiros. O que você acha?

– Acho que você deve dar em liras, já que eles vão ficar na Itália. Fica com os dólares, já que vai viajar.

– Verdade, você tem razão.
– Você vai voltar pra cá depois?
– Não sei o que vai acontecer. Estou indo no escuro.

Ficamos conversando mais um pouco na cabine, até que Gino apareceu.

– Então, rapazes. Vamos subir? Ou será que digo moças?
– Diz rapazes sim, porque fui muito macho e derrotei esse capitão australiano.
– Humm que macho forte!

Uma mesa enorme estava armada no convés do barco. Tinha frutas, queijos, frios, pães, vinhos rosê e branco e mais camarões, lulas, peixes. Uma verdadeira orgia gastronômica. A mesa decorada com flores silvestres. Antonello estava com Elza e Phillipe e mais um casal de italianos que eu não conhecia, mas que eram amigos de Eugenie e Andrew. Antonello fez suas brincadeiras, eu nem respondi, só ria. Eugenie é quem estava mais feliz. Fez vários brindes para mim e infernizou o capitão. Os vinhos todos da Córsega e os embutidos, queijos, tudo comprado no mercado de Ajaccio. Ficamos todos bêbados e nos jogamos no mar, ao pôr do sol. Foi lindo ver o pôr do sol de dentro da água do mar. Meu último pôr do sol no Mediterrâneo. E, quando o sol estava descendo, pensei nos bons momentos que tinha vivido naquele cruzeiro. Momentos de glória e felicidade num tempo em que um turbilhão parecia estar atingindo o mundo.

Quarenta e oito horas depois eu estava na Califórnia, dirigindo pela Pacific Coast Highway, seguindo em direção a Malibu. Voei quase que um dia inteiro. Saí de Ajaccio para Roma, às quatro da tarde, e de Roma peguei um voo para Nova York. Quando entrei na primeira classe com um monte de executivos mais velhos com suas mulheres loiras, e eu ali, com meus inocentes vinte anos, me senti orgulhoso. No aeroporto John Kennedy, cheguei cedo e fui direto para o galpão da United; consegui pegar um voo ao meio-dia, mas tinha que ir para o aeroporto de La Guardia. Tudo lá certinho, com meu nome, minha passagem e com o meu código de reserva. Eles conseguiram checar pelo telex e confirmaram minha passagem.

Eram nove e quinze da manhã quando peguei um táxi e parti para o La Guardia. A ansiedade tomava conta do meu corpo e tomei um café no aeroporto. Fazia um calor de matar. Mesmo na sala do American Express estava quente. Não conseguia ler jornal. Ler nada. Fui ao banheiro e lavei meu rosto. Depois me tranquei no reservado e deixei cair minha mochila. Coloquei meu pau pra fora da calça e toquei uma punheta. Gozei feliz com a minha solidão. Não entrou ninguém e eu gemi de prazer. Sai da cabine com as calças arreadas e lavei minha mão. Fiquei na hora com saudades daquele momento. Ali sozinho, fiquei feliz. Não carreguei nada. Toda cocaína ficou com Felipe.

Abri os olhos e ainda escutei a voz avisando que estávamos chegando ao aeroporto. O avião estava frio e uma família de mexicanos tirou minha atenção. Eu fiquei pensando onde eu estava. Demorou alguns segundos para me lembrar de tudo. Aluguei um Ford por dois dias e peguei a Pacific Coast Highway, seguindo em direção ao número 1.438 da Malibu Colony Road. Eu tinha que entrar pela esquerda, vindo pela Pacific Coast, na Webb Way, pegar a Malibu Road e depois entrar à esquerda na Malibu Colony. Parei na Pacific, esperei para entrar na Webb e tive uma sensação muito louca. Pela primeira vez estava ali, mas me senti como se estivesse indo para casa. Fui descendo a Malibu Colony no sentido da Malibu Point. Passei pelo *mini golf* e, quase no final da rua, estava o número. Uma casa grande. Entrei com o carro na garagem aberta e duas escadas subiam para o andar de cima, que era pintado em um azul pálido. Desci do carro e fui até uma porta.

Ali tinham quatro campainhas com nomes dos moradores. E o meu apartamento era o C e estava em branco. Peguei o bilhete com as referências e estava escrito "*Keys with Oassie A*", quase apagado. Na campainha estava escrito no A o nome de Oassie Clark. Toquei e fiquei ali esperando. Tinha um maço de cigarros no meu bolso. Não tinha quase fumado no barco. Apenas haxixe. O cigarro fui parando e, quando nadei, não fumava havia mais de dez dias. Mas, naquele momento, me deu vontade de acender um cigarro. Tinha um *zippo* de bobeira na bolsa e acendi um Camel. No final da garagem tinha um portão baixo. Andei até lá, escutei uns latidos que vinham de dentro da casa e do alto da garagem vi o mar. O Pacífico, a praia mais abaixo, meu lugar agora.

Era uma sexta-feira e quase três da tarde. Meu Persol fez com que a luz irradiasse um tom violáceo e de novo aquela sensação de casa. Olhei para dentro do primeiro andar e vi pelas grandes janelas um homem vindo com um cachorro. Ele abriu a porta e mandou um *hi*.

Ele era alto, estava de bermuda e descalço. Com ele veio um cachorro que eu nunca tinha visto antes. Era bicolor e com um pelo duro.

– Tudo bem. Você é o Pedro.

– É isso aí – eu disse.

– Andy me falou que talvez você chegasse antes dele. Ele acabou de me ligar. Está trabalhando em Culver City, no estúdio de algum músico famoso. Acho que é o David Byrne. Ele pediu para te dar a chave, mas entra aqui. Ah, meu nome é Oassie.

– Seu cachorro é um pastor australiano?

– É isso mesmo. É uma fêmea. Beau Geste é o nome dela. Minha mulher trouxe de Camberra há dois anos e agora em setembro vamos buscar um companheiro para ela. Entra aqui em casa. Vou te servir um café. Ou você prefere outra coisa? Que tal um baseado?

– Não, Oassie, estou bem. Só quero mesmo tomar um banho. Estou viajando desde ontem de tarde.
– Você estava onde mesmo, que pegou essa cor?
– Estava na Córsega, passeando de barco.
Fui entrando e vi que a casa tinha uma vista incrível para o mar.
– Que linda sua casa – falei.
– É confortável. Minha mulher é decoradora e cenógrafa e cuidou de tudo. Eu pego umas ondas, cozinho e tomo conta da nossa filha, Sheila, e da Beau também – disse Oassie.
– Vi suas pranchas na garagem. Tudo bem se deixar o carro por ali? Aluguei no aeroporto e vou devolver depois de amanhã.
– Você surfa?
– Não, eu nado bastante, nado no mar, mas aqui a água parece que é muito gelada.
– Sim, às vezes dá até para cair sem neoprene. Mas é frio sim. Nesta época ela está perfeita para um mergulho. Vou te dar a chave e aí você fica à vontade.

Entrei no apartamento que, na verdade, era no andar de cima da casa. Subi uma escada. Oassie me ajudou com a mala, depois desceu. Abri a porta que dava para a sala. Era grande. Uma varanda para o mar em toda extensão da sala e nos fundos um quarto com um *closet* e o banheiro. A sala ainda tinha uma cozinha. Naquele momento, só pensei em ligar para Felipe e dizer que tinha chegado. Fiz a ligação e ninguém atendeu. Fiz as contas: uma diferença de nove horas da Itália. Já era madrugada lá. Liguei para casa. Eram quase seis da tarde na fazenda. Ninguém atendeu, meu pai já devia estar na cidade àquela hora. Certamente, era hora de sua parada para um chope com amigos. Mesmo assim, liguei de novo.

– Oi pai, tudo bem?
– Quem é? – ele perguntou.

– Sou eu. Pedro.
– Oi meu filho. Está tudo bem?
– Tá sim, pai. Liguei para te dizer que estou em Los Angeles.
– Bom, se você tá bem, é isso que interessa. Onde você está não importa. Você vai voltar algum dia?
– Claro que vou voltar, pai.
– Tá bom meu filho, volta sim. Nossa casa ainda é o melhor lugar do mundo.
– Pai, eu não sei o que vou fazer aí.
– Se você não sabe, como eu vou saber? Estou com seu tio aqui. Você quer falar com ele?.
–Não, pai, liguei para falar com você.
– Você tá precisando de dinheiro? Seu tio falou que mandou dois mil dólares para você na semana passada.

Desliguei o telefone e comecei a chorar. Rios de lágrimas brotaram dos meus olhos. Naquele momento, senti uma enorme ternura por meu pai e ao mesmo tempo uma raiva muito grande. Uma mistura de emoções fortes que não consegui controlar.

Acordei. O quarto estava frio. Escutei um barulho longe, pessoas conversando. Tinha desarrumado a mala, deitei um pouco e acabei dormindo. Vi o relógio, eram oito e meia. Demorei uns segundos para processar tudo e me lembrar de onde eu estava. Descalço e só de *jeans* fui até a sala, que estava com algumas luzes acesas. A porta da geladeira aberta. Quando cheguei mais perto para fechá-la, Andy estava sentado no chão da cozinha.

– Andy, tudo bem? O que você está fazendo aí?
– Me ajude a levantar.

Andy começou a rir. Achei que ele estava bêbado. Já de pé, ele pronunciou meu nome com doçura, colocou as duas mãos segurando o meu rosto e me beijou. Beijou e beijou minha boca e continuou a me beijar e a geladeira aberta. Abraçava meu corpo por um tempo muito maior do que eu imaginava. Não queria mais que acabasse este momento e o tempo passava e nos beijamos e eu já estava excitado, de pau duro como uma rocha, e ele também. Ele abriu o botão da minha calça e baixou o zíper, sem parar de me beijar. Segurou no meu pau e depois enfiou a mão direita por dentro da minha cueca e apertou minha bunda.

– Vamos gozar assim, aqui e agora.

E continuamos a nos beijar cada vez mais profundo. Sentia sua língua enroscar na minha. Eu tentei abrir a calça dele, e ele não deixou. Pegou minha mão e colocou entre o pau dele e meu corpo. Estava tão duro também. Ele sussurrou no meu ouvido palavras cheias de desejo.

– Quero ver se você goza só me beijando.

Ficamos dentro da casa três dias sem sair. Na primeira vez em que ele foi me comer, o que aconteceu depois de eu ter gozado na cozinha, na mesma noite ele tirou da mala uma camisinha e me mostrou.

– Nunca mais você vai transar sem usar isso, me promete?

– E te chupar, eu posso?

E já fui logo pegando o pau dele e foi dessa vez que estreei o uso eterno da camisinha. Depois da primeira camisinha, a gente nunca mais esquece e na nossa primeira saída fomos ao supermercado. Andy queria fazer um jantar para mim. Já tínhamos comido tudo que estava na geladeira. O telefone tocou algumas vezes, eu nunca ousei atender. Ele pulava da cama ia até a sala, falava e voltava para a cama. Compramos tudo de que precisamos e ainda mais. Ele comprou duas caixas de camisinhas. Se não tem outro jeito, melhor não ficar sem. Um dia entrei no quarto e ele tinha enchido várias com água para vê se eram furadas ou não. Conversamos sobre a camisinha em 1983. Algumas pessoas já usavam e me lembrei do ministro do governo falando que não ia usar. Que ele não era promíscuo e que só *gays* que viviam em saunas iam pegar aids.

Jantamos *spaghetti a putanesca* na varanda e sorvete de pistache. Transamos até o dia nascer. Dormíamos e acordávamos e transávamos mais uma vez e íamos ver o sol nascer. Foram três dias assim.

No quarto dia, notei que os telefonemas ficavam mais demorados. Até que lá pelas cinco da tarde Andy falou que tinha que voltar para o estúdio onde o David Byrne estava gravando.

– Você quer sair? Quer alugar um carro para você? Quer ficar com o meu carro? Posso pedir para alguém vir me pegar aqui.

Congelei. Não sabia o que fazer. Ia ficar sozinho pela primeira vez em Los Angeles.

– Vou correr na praia – eu disse.

– Eu não te disse nada, mas você está tão bonito que não quero te ver por aí se exibindo.

– Não sou criança. Sei me cuidar.

– E se aparecer algum caçador de talentos e te chamar para um teste em Hollywood?

Ele foi falando essas bobagens e chegando perto de mim.

– Seu babaca – eu falei.

Ele me pegou e, quando percebi, já estava no sofá, com Andy em cima de mim. Ele era uns seis centímetros mais alto que eu.

– Quanto é sua altura, Andy?

– Um metro e oitenta e oito. Por quê?

Ele parou e ficou me olhando de um jeito sacana. Eu o virei do sofá e ele caiu no chão. Pulei em cima dele e tentei imobilizá-lo com um golpe de judô que aprendera ainda quando era criança. Ele riu, me virou de novo, ficou por cima de mim e, quando vi, já estava por baixo dele com meu braço preso. Ele ria. Disse que eu devia ser mais rápido. E que era faixa marrom de judô.

– Agora pede perdão.
– Perdão de quê, cara? Você está me machucando.
Meu braço estava imobilizado por uma das mãos de Andy e a outra mão em volta do meu pescoço com o corpo dele todo por cima de mim. Eu respirei fundo com dificuldade.
– Me solta, porra.
– Pede perdão por todos os homens aos quais você deu seu rabo antes de mim.
– Para, seu filho da puta, tá me machucando.
Andy apertou mais o meu braço.
– Pede perdão, meu amor. Pede, diz que você só quer o meu pau. Fala, seu veadinho!
– Me perdoa – falei baixinho.
Andy colou o rosto na minha boca. E me deu um longo e apaixonado beijo.
Acordei, o quarto estava frio e olhei no relógio, eram quatro e quinze da manhã. Andy não estava na cama. Fui até a sala. Ele estava deitado nu no sofá, olhando para o teto.
– Vem deitar, Andy.
Ele não se moveu. Sentei no sofá ao lado dele. Vi no cinzeiro um baseado apagado. Peguei um isqueiro para acendê-lo, ele virou para mim e fez com a mão um sinal para que eu não acendesse.
– O que foi, qual é o problema? Não posso fumar também?
– Esse não. Tem heroína.
Eu pensei em falar alguma coisa. Ele se virou para dentro do sofá e eu me deitei ao seu lado e o abracei.
De manhã, quando acordei, Andy estava na cozinha fazendo ovos com *bacon*.
– Estou colocando uma mesa de café lá na varanda.
O baseado não estava mais no cinzeiro.

– Vamos fazer uma festa no domingo aqui em casa. Um churrasco lá embaixo, na garagem e na praia. Vamos ter um bar e quem quiser fica na praia.
– Que bacana – eu disse.
– Vai ter umas quarenta pessoas.
– Você quer que eu faça alguma coisa?
– Não precisa. Daqui a pouco vai chegar uma produtora do estúdio para ver a casa. Ela vai arrumar tudo. Hoje vamos jantar uma comida japonesa em Los Angeles.

Passamos o dia todo de carro rodando por Los Angeles, depois que a produtora Cindy chegou.
– Você conhece meu amigo brasileiro?

Cindy me deu um oi e não me pareceu muito interessada em nada, só no que tinha que fazer. Resolveram trazer um *sushiman*,[que ia ficar na cozinha, e dois garçons para o champanhe e o vinho; embaixo ia rolar o churrasco e um bar de tequila e cerveja. Na saída, um carrinho de sorvete daqueles antigos. Fiquei impressionado como eles decidiram tudo em 20 minutos. Oassie também apareceu para um "oi". Eles conversaram, fiquei olhando meio de longe e percebi que Andy queria acabar logo o assunto. Rodamos o dia todo. Sunset Boulevard, Brentwood, píer de Santa Mônica, Marina del Rey, Venice. Tudo me parecia familiar por causa dos filmes. Fizemos exercícios no Topanga State Park. Andy tossiu um pouco, mas logo estava bem e fez flexões.

– Se eu quiser, fico com um corpo melhor que o seu – ele disse.

Eu apenas sorri. Com 32 anos Andy era perfeito. Pensei que queria ficar como ele, quando me tornasse mais velho. Na verdade, ele não parecia mais velho, mas eu sabia que ele tinha muitas responsabilidades e queria ser o *top* produtor independente canadense. Tinha uma aura de calor que emanava dele.

Algo que parecia determinar que o sucesso era algo que fazia parte da sua existência e não havia nada que pudesse ser feito contra esse destino.

– Vamos até Bel Air, na casa de um amigo meu?

Enfim, chegou o momento "Los Angeles nua e crua": mansão, piscina, mulheres lindas, homens também, coroas, muita bebida, drogas e Billy Idol. Ficamos uma hora na *pool party* e o cara que Andy queria encontrar já tinha passado por ali. Rodamos por Beverly Hills. Fizemos umas compras em Rodeo Drive. Ganhei uns óculos Ray-Ban e uma camisa de linho de manga curta que vimos numa loja de charutos e produtos cubanos. Demos mais uma volta, descendo para West Hollywood, e Andy começou a me olhar fixo, com uma cara meio sacana. Perguntei o que houve. Ele me olhou sério, me comendo com os olhos. Fez um movimento brusco com o automóvel, deu uma volta e estacionou atrás de um prédio que parecia abandonado. Perguntei o que houve e Andy já estava sem camisa. E logo tirou a calça e ficou só de cueca, segurando o pau que estava duro. A gente começou a se pegar ali mesmo. Ele colocou os óculos Ray-Ban que me deu, se esticou no carro e eu o chupei até ele gozar na minha boca.

– Daqui a dez dias minha mulher e minha filha vão chegar. Ontem fechei o apartamento por mais três meses. Fechamos toda a produção do documentário, uma turnê de *shows* aqui nos Estados Unidos e algumas datas na Europa. Muito trabalho e estou pensando em morar aqui, talvez até a gravação do *show* que também já está acertado. Vai ser em dezembro.

Entre um *shot* de saquê e duas duplas de *unagi*, Andy começou essa conversa no bar do restaurante Spago. Falou dele, dos seus planos de trabalho, da possibilidade de se mudar para Los Angeles. E continuou a conversa, até chegar aonde eu mais temia.

– E você? O que vai fazer?

– Não sei. Simplesmente não sei o que vou fazer. Acho que a pergunta a ser feita é: o que eu quero fazer?

– E o que é que você quer fazer?

– Combinei que voltaria para casa em agosto. Na Europa eu e Felipe íamos ficar até setembro. Talvez eu volte para a Europa e fique até setembro. Depois eu volto para casa. Antes de vir para Los Angeles, o Felipe decidiu que vai ficar na Europa por mais seis meses, até onde o visto permitisse mas, do jeito que tudo foi caminhando, acho que ele vai acabar morando na Itália. Não pensei que você fosse me ligar, eu queria muito que você ligasse, mas tinha dúvida. Você é casado e sei que não é o melhor momento para pensar em algo mais sério.

– Você não precisa ter dúvidas comigo.

Andy falava me olhando bem nos olhos. Aquela era a deixa para eu perguntar tudo agora. Fiz as perguntas que eu queria e ouvi a verdade. Não, ele não ia deixar a família. Não, ele não ia viver uma vida dupla. Não, ele não ia viver meu sonho de felicidade. O máximo que poderia acontecer era eu ficar em Los Angeles, *get a job* e nos encontrarmos de vez em quando. Sim, ele me amava e nunca iria esquecer o que estávamos vivendo. Nem nunca iria viver nada igual. Mas a vida continua e não havia como quebrar uma situação para vivermos algo que estava fora de questão naquele momento. E assim ele foi explicando o nosso caso e eu fiquei ali, ouvindo aquilo tudo, até que ele ficou em silêncio.

– Vou ao banheiro.

No banheiro, me deu vontade de fumar, de cheirar e de morrer. Se eu pudesse quebrar o banheiro todo, mesmo assim minha angústia não ia passar. Acabou tudo e eu ainda tinha que voltar para o bar, voltar para casa e resolver o que ia fazer. Lembrei-me de nadar. A visão do mar infinito na minha mente conseguiu me acalmar. Respirei fundo e a paz voltou.

Voltamos para casa e percebi que Andy estava quase bêbado. Chegamos à sala do apartamento e ele foi à geladeira, tirou a vodca do congelador e serviu um *shot*.

– Quer um?

– Não – falei. Vou deitar.

Ele não disse nada. Fiquei acordado na cama e, depois de quase uma hora, ele deitou ao meu lado e apagou. Minha cabeça não parava de pensar e, quando olhei para fora do quarto, através da janela, estava começando a amanhecer. As cores do alvorecer no mar da Califórnia me deixaram com vontade de nadar. Mergulhei na água que estava fria, mas não gelada. Passei pela arrebentação e saí batendo pernas e braços. O dia estava lindo, nadei uns dois mil metros e depois fui para a areia e me deitei. Fiquei tomando sol até dormir. Uns pingos de água caíram no meu rosto. Acordei, era o Oassie.

– Oi Oassie. Tudo bem?

– Tudo bem. E você, o que houve? Andy me acordou e disse que você tinha sumido.

– Sumido?

– Não sei, ele estava preocupado.

Fiquei de pé e Oassie deu um passo atrás.

– Eu estou ótimo. Nadei de lá de casa até aqui. Deitei um pouco e peguei no sono.

No fim da festa de Andy, que foi ótima, eu não estava mais ali, estava já pensando na minha volta. Quando tinha umas cinco pessoas na casa, fui até o quarto e Andy estava fumando um baseado com heroína. Pedi um trago e ele fez um gesto de negativa com a cabeça.

– Não, meu garoto, você é uma criança e não vai fumar este baseado, que é para gente grande.

Sorri para ele e fui até a garagem. Entrei no Corolla de Andy, liguei e saí em direção a West Hollywood, região da vida boêmia de Los Angeles. Rodei os bares e senti um clima de luto. Um deserto. Parei em vários bares e os lugares exalavam melancolia. Era uma hora da manhã quando cheguei de volta em casa. No quarto, encontrei Andy deitado, naquele estado que não era nem dormindo, nem acordado. Deitei ao seu lado e o abracei, Ele pegou a minha mão e ficou acariciando. E assim ele dormiu.

Acordei e Andy não estava ali. Virei para o lado e fechei os olhos. Instantes. Andy entrou no quarto com uma bandeja com ovos, *bacon*, panquecas e suco, e colocou no meio da cama.

– Certo dia você fez um café da manhã para mim, em Nova York, e levou na cama. Nem minha mulher fez isso.

Aquele foi um dia inteiro de amor. Fomos à praia em Malibu. Nadamos uns oitocentos metros para dentro do mar. Foi algo mágico. Transamos no chuveiro quando voltamos. Depois fomos almoçar lagostas em Marina Del Rey. Passeamos por Venice Beach, observando com curiosidade toda a exótica fauna de personagens que circulavam por ali. Não falamos em despedidas nem sobre o nosso relacionamento. Falamos de música. Ouvi várias fitas K7 no carro e, enquanto atravessávamos a cidade, mostrei para ele uma fita da Marina.

– É a cantora brasileira mais quente do momento.

A música era do que Andy mais gostava, mas com a produção do documentário ele queria arriscar mais no cinema.

– Vamos ao cinema? – ele perguntou.

Fomos ver o filme do diretor canadense David Cronemberg, *Videodrome*, e depois do cinema comemos um *sushi* e bebemos saquê. Andy tinha um pouco de cocaína e cheiramos ali no restaurante mesmo. Por volta de onze horas, voltamos para casa. Transamos até quase o dia nascer. Como sempre, o sexo com Andy foi um exercício de perfeição. Logo depois ele dormiu e eu fui fumar um cigarro na varanda da sala. Fiquei olhando o reflexo da lua iluminando o mar e pensei como seria bom se a gente pudesse viver assim para sempre. Acordei e o quarto estava frio. Andy não estava na casa. Já tinha saído e deixado um bilhete. "Pedro, vou para o estúdio, só volto à noite. Precisamos conversar. Amor. Andy." Foi o bastante. Na sala, ali naquele instante, estava tudo decidido. Tive o distanciamento necessário para não enlouquecer. Fiz minha mala e contei meu dinheiro. Na gaveta do armário, onde Andy guardava suas coisas, tinha um maço de dólares em notas de cem enroladas em elástico. Peguei mil dólares. Chamei um táxi e, no mesmo papel em que Andy escreveu o bilhete, virei o verso e escrevi. "Andy. Entendi sua mensagem. Não vou te criar nenhum problema. Gosto muito de você para isso acontecer. Você foi covarde por não dar uma chance para nós dois. No meio de toda essa praga, eu ainda consegui viver um grande amor. Estou voltando para casa. Não se preocupe, está tudo bem. Love. Pedro."

O táxi chegou e me levou para o Aeroporto Internacional de Los Angeles. Peguei um voo da Varig direto para São Paulo. Dormi a viagem inteira. Foi um mergulho. Quando dei por mim, já tinha chegado a Campinas. Fiquei sozinho no aeroporto. Fazia um frio danado e ninguém foi me buscar. Pudera. Não avisei a ninguém que estava vindo. Pensei em tudo que tinha vivido naqueles dias de verão. Fumei um cigarro para me aquecer do frio. Estava na hora de começar tudo novamente. Aluguei um carro com meu cartão e fui para a fazenda.

...

Trinta anos se passaram desde aquele verão. O tempo passa rápido, muito mais rápido do que a gente pode imaginar. "A vida é um sopro", dizia meu pai, quando eu era menino. Mas parece que tudo acontecera ontem. As loucas aventuras que vivi no alvorecer dos meus vinte anos estão presentes em todos os dias de minha vida. E tenho certeza de que vai continuar assim até o meu fim. Acordei, eram quatro e quinze da manhã. As portas do meu quarto, que davam para a varanda, estavam abertas. Era abril e um vento quase frio me fez vestir um robe. Coloquei uma cadeira de frente para a porta envidraçada e abri bem as cortinas. Fiquei ali me lembrando de pessoas de tempos atrás. Deu vontade de fumar e acendi um cigarro. Lembrei-me de Felipe. Já fazia tanto tempo que ele tinha morrido. Felipe, o aventureiro. Felipe, o apaixonado. Felipe, o irreverente. Primeiro morreu Gino. Eles vieram me visitar na fazenda em 1989. Até Eugenie veio. Foi bom tê-los aqui. Ficaram dez dias. Foi maravilhoso. Meu pai tinha morrido um ano antes, em um acidente de automóvel. Estava bêbado na fazenda e resolveu sair de carro. Ele nunca fazia isso. Fiquei devastado. Sozinho com três fazendas para cuidar. Minha mãe me deu um conselho, que eu não segui.

– Venda tudo e venha para São Paulo.

Meu tio me ajudou a administrar os negócios, mas ele também ficou devastado com a morte de papai e depois de três anos também morreu. Nunca entendi a amizade deles. Quase não se tocavam. Viam-se bastante e se falavam muito ao telefone. Nos Natais eles trocavam presentes caros. Mas havia uma distância tácita entre meu pai e meu tio. Um respeito que existia desde criança. E, desde sempre, eu via meu tio como o meu salvador.

Gino morreu em 1991 e fui para o enterro em Florença. Antes da missa de sétimo dia, Felipe me contou que também estava doente.

– Desculpe eu te dar esse trabalho, Pedro, mas você vai ficar responsável pelas minhas coisas. Você quer ficar com a casa da Sardenha? Eu te dou.

– Você não vai morrer agora, Felipe.

– Não, agora não. Mas vou morrer em breve e quero deixar tudo resolvido.

Antonello morreu um ano depois. Felipe vendeu a casa da Sardenha e deixou o apartamento de Florença para a família. Acabou morrendo em 1993. Dez anos depois de ter conhecido Gino naquela nossa viagem. Não voltei à Córsega, mas fui visitar a casa de Felipe na Sardenha várias vezes. Ia em julho, ou no final de agosto, e ficava um mês. Foram momentos maravilhosos. Ele sempre querendo que eu conhecesse alguém, mas eu tinha quase que totalmente me esquecido de sexo. Nadava todos os dias e ficava na praia. De noite jantávamos juntos. Felipe tinha um barco de pescador que usava para mergulhar e ir de uma praia para outra. Os dois tinham uma vida muito simples na Sardenha. Eu adorava.

Em Florença, Gino colecionava esculturas de cavalos de várias épocas e de diferentes tamanhos e procedências. Um dia, depois da morte de Gino, chegou à fazenda uma carta da alfândega, e de uma companhia de navegação, dizendo que tinha chegado um contêiner no meu nome, que eu tinha que ir a Santos para pegar. Felipe mandou a coleção toda para mim. Além dos cavalos de Gino, ele mandou cavalos em terracota chineses que eram de Antonello. O contêiner tinha 82 itens de vários tamanhos. Felipe ainda estava vivo e eu liguei para ele e rimos muito no telefone. Sua voz estava fraca e na semana seguinte voei para a Itália. Ele morreu em casa onde estávamos eu, uma irmã dele, uma sobrinha de Gino e Eugenie, que tinha se tornado a sua melhor amiga.

Estive com Eugenie inúmeras vezes depois da Córsega. Na Sardenha, em Londres e em Florença. Três anos depois da Córsega, ela apareceu sozinha na Sardenha. Andrew tinha deixado Eugenie. Os dois brigaram, eu não sei bem o porquê. Felipe não me contou. Só sei que um ano depois Felipe fez uma viagem com ela. Ficaram três meses na Índia. Eu só recebia os cartões-postais. Nessa viagem ela conheceu um milionário indiano que, segundo Felipe, deu a ela uma das maiores coleções de rubi do mundo. Os dois se casaram um ano depois em um Ashram, em Udaipur.

Uma tarde, em 1992, eu estava em Londres, correndo no Regent's Park e um homem de boné corria do meu lado. Quando olhei para ele, vi que era Andrew. Conversamos e rimos muito com as lembranças do passado. Ele me convidou para visitá-lo em Okinawa, no Japão. Tinha casado com uma japonesa, tinha duas filhas e era mestre de caratê. Ele estava bem e ficou feliz em me ver.

Quanto ao ministro, estive com ele mais duas vezes. Uma em 1987, em São Paulo. Ele já não era mais ministro e me ligou na fazenda. Queria me ver. Fui para São Paulo e almocei com ele no escritório. Contei que me formava naquele ano em administração, em Ribeirão Preto. Depois de fazer dois anos de agronomia, transferi minha faculdade. Ele me ofereceu um emprego no Unibanco. Eu disse que não podia aceitar o emprego, pois tinha que cuidar da fazenda. Ele me pediu informações detalhadas da fazenda, conversamos horas. Nunca tínhamos conversado tanto. Ele estava com quase oitenta anos, mas era um coroa muito charmoso e sedutor. Seu escritório era decorado no estilo dos anos setenta. Ele usava um terno cinza chumbo e gravata preta. A pose de ministro não tinha sumido.

Na segunda vez que a gente se encontrou ele estava em Brasília. Isso foi logo depois que meu pai morreu. Fui a um apartamento, ele estava de *blazer* azul-marinho e uma calça cáqui. Estava um pouco mais lento, mas lembrava de todo o nosso encontro e, antes de começar a me perguntar sobre as fazendas, ele começou a falar sobre a vida e suas peculiaridades.

O QUARTO ESTAVA GELADO E ESCURO | 193

– Pedro, meu bom rapaz. Quero te dizer que nos divertimos muito juntos. Fui muito feliz ao seu lado. Saiba que gosto muito de você.
Fiquei emocionado e perguntei se podia lhe dar um abraço. Ele fez um gesto de positivo com a cabeça e eu o abracei. Na mesa, ao lado do sofá de couro preto, vi várias fotos da sua família. Ele me abraçou forte e eu passei a mão nos seus cabelos brancos. Ficamos ali por um minuto. Ele perguntou como estavam as coisas na fazenda. Contei como tudo estava e o que eu pretendia fazer. Ele viu que eu estava totalmente envolvido com o desejo de continuar tendo o controle da fazenda. E não pretendia vender, como era o desejo de minha mãe. O ministro ouviu tudo e levantou-se. Foi até o seu escritório e me pediu para acompanhá-lo. Lá tinha um mapa grande do Estado de Goiás e do Distrito Federal.
– Você tem que plantar soja e cana aqui em Goiás. Indo na direção da Bahia, tem umas terras que você pode comprar e o BNDES pode financiar sua produção nos primeiros anos.
– Eu nunca peguei dinheiro do governo. Papai tinha uma linha de crédito no Banespa, mas já foi tudo pago. Ele não me deixou com nenhum papagaio para eu pagar.
Ele me deu o cartão de uma pessoa no BNDES e, graças a esse cartão, acabei comprando três fazendas próximas a Nova Roma. Fiz um empréstimo e toquei as três fazendas. Os primeiros cinco anos foram difíceis. Pensei em desistir. Acabei vendendo uma das fazendas, mas depois comprei mais duas no sul. E, além de soja e cana, investi em arroz e pequenas granjas. Em 1997, conheci Olívia, uma paulistana que estava acabando de se formar em psicologia em São Paulo. Dormimos juntos no primeiro final de semana que ela veio conhecer a fazenda. Cinco meses depois nos casamos em Ribeirão Preto. A família de Olívia era pequena, ela só tinha um irmão e os pais. Minha mãe veio ao casamento, que

aconteceu pela manhã, e voltou para São Paulo depois do almoço. Nossa lua de mel foi em Goiás, e depois ficamos um mês na Grécia. Quando voltamos, Olívia estava grávida. Nasceu Melina e um ano depois nasceu Cleo. Em 2001 nos separamos. Olívia voltou para um antigo namorado uruguaio e foi morar com as meninas em Montevidéu. Acabei comprando uma fazenda no Uruguai, para ficar mais próximo das meninas. Minha vida ficou assim: Goiás, São Paulo e Uruguai. E também duas filhas para criar, uma ex-mulher, muito trabalho e muitas contas para pagar.

Em 2003, voltei pela primeira vez, vinte anos depois, a Nova York. No segundo dia eu estava novamente apaixonado pela cidade. Mesmo com o clima pesado do pós *september eleven*, havia um sentimento leve de ressurgir das cinzas que me contagiou. Fui jantar com amigos no Indochine e todos aqueles sentimentos de nostalgia, lembranças e memórias voltaram à minha cabeça. Não me lembrava em qual mesa eu já havia me sentado. Estava com uma amiga, Débora, uma goiana, que tinha um apartamento na rua 84 East com a avenida Park, e alguns amigos dela, todos americanos. Débora queria ir, no verão daquele ano, para Provence e estava procurando dicas de lugares para ficar. Então um dos amigos dela, Gary Weaver, sugeriu algo que me chamou a atenção.

– Você precisar conhecer a pousada do meu amigo Andy e da mulher dele, Bonnie, que fica uns 20 quilômetros ao sul de Avignon. É um lugar incrível.

Ao ouvir aqueles nomes a minha cabeça voou e parecia que voltei no tempo. Enquanto isso, Gary não parava de falar da pousada. Disse que lá mesmo eles produziam um delicioso vinho rosé e que tudo que era servido na pousada era de produtores locais. Respirei fundo, criei coragem e resolvi intervir na conversa.

– Esses seus amigos, os donos da pousada, são de onde originalmente? São americanos? Franceses?

– O Andy é canadense. Já a Bonnie é meio francesa.
– Eu os conheço, falei. Não os vejo há muito tempo, mas os conheço. Vamos Débora, pega o endereço. Vou com você conhecer essa pousada.
– Você me falou que não podia ir por causa do trabalho.
– Acabei de mudar de ideia. Quero ir lá com você.

Em junho fomos para Paris. Eu e Débora planejamos a viagem e ela ficou acertando as questões financeiras do roteiro. Ficamos no Hotel Warwick, que tinha oferecido um preço especial para duas suítes. Débora acertou o preço, me mandou tudo e eu paguei pelos seis dias. Convenci-a de ficarmos uns dias em La Ramatuele, e aluguei uma casa por uma semana perto da praia do Cavaliers, com direito a *chef* e barco. Minhas filhas e Olívia iriam nos encontrar e depois ficavam mais dez dias.

Chegamos a Avignon de trem, vindos de Paris. Débora tinha três malas e eu duas. Ficou combinado de alguém da pousada vir nos apanhar. Não tinha placa com nosso nome na chegada. Ninguém. Fomos para a saída da estação e resolvemos pegar um táxi. Mostramos o nome da pousada para alguns motoristas e ninguém conhecia o lugar. Sabiam chegar ao endereço, mas a pousada era desconhecida. De repente apareceu um Porsche prata conversível, com um cara cabeludo dirigindo de óculos Persol, e passou por nós. Mais a frente ele parou, estacionou o carro e veio caminhando na nossa direção. Achei Andy mais magro e mais baixo. Ele olhava para nós e não manifestava nenhuma emoção. Cumprimentou Débora, ela respondeu ao seu cumprimento. Depois se dirigiu a mim.

– Oi Pedro! Como você está? Quanto tempo, cara!

Andy deu um sorriso largo, feliz.

– Oi Andy, tudo bem. Saudades de você.
– Vocês se conhecem? – perguntou Débora.

– Sim – respondi.
– Nossa, Pedro, você conhece meio mundo. Não entendo como pode ser. Você vive isolado nas suas fazendas.

Eu ri como há muito tempo não ria. Ria de felicidade.

– Eu te falei no Indochine que os conhecia. Andy é um velho amigo. Assim como sua mulher, Bonnie, uma pessoa adorável.

Colocamos as malas em um táxi, que nos seguiu até a pousada, na verdade era um *chateau* do século XVII, todo restaurado. Um corredor de carvalhos conduzia da entrada até a casa. Bonnie estava na porta nos esperando. Ela estava mais gorda, mas com um aspecto muito saudável. Olhos brilhantes. Usava um avental branco sobre um vestido azul. O lugar era muito bem transado, com uma decoração criativa, toda em azul-marinho e com detalhes dourados e brancos. Bonnie não parou de falar. Ficou muito surpresa em me ver. Pelo que entendi, Andy não tinha falado que poderia ser eu o Pedro da reserva. Conversamos no jardim, perguntei pela filha deles e Bonnie contou que a filha tinha morrido do coração havia cinco anos.

– Ela morreu dormindo em casa e não sentiu nada. Quando a babá foi acordá-la, levou um susto. Nós corremos para o quarto, mas não pudemos fazer mais nada.

Fiquei imaginando o sofrimento que deve ter sido a morte da filha. Foi inevitável pensar nas minhas meninas e, silenciosamente, pedi a Deus que as protegesse de todo o mal.

– Venham comigo que vou lhes mostrar os quartos – interferiu Andy.

Os quartos tinham *trompe l'oeil* lindos pelas paredes e no banheiro. Liguei o ar condicionado, tomei um banho, coloquei um roupão de toalha e dormi. Acordei com alguém batendo na porta. Era Andy.

– Oi Pedro, desculpe te incomodar.

– Não há incomodo de jeito nenhum. Entra.
– Não é preciso, vim apenas te avisar que nosso jantar começa às oito e meia.

Andy falou com a porta entreaberta.

– Se você quiser jantar aqui, não tiver outro compromisso, você e sua amiga são bem-vindos. Só preciso confirmar antes com o *chef* o número de pessoas.
– Que horas são? – perguntei ainda sonolento.
– São sete e meia. Está começando a escurecer.
– Sim, vamos jantar com vocês.
– Ok, então nós nos vemos daqui a pouco.
– Um minuto, Andy. Por que nós estamos falando em francês?

Ele sorriu. Aquele sorriso encantador que era tão seu.

– Porque a Bonnie, desde que veio para cá, se recusa a falar em inglês.
– Você não quer entrar aqui no quarto? Tomar um uísque.
– Não posso. Tenho muitas coisas para fazer ainda. Desce logo. Eu te convido para um uísque comigo, mais tarde.
– Ah Andy, sinto muito pela sua filha.
– Não me recuperei ainda. Mesmo depois desses anos eu acordo, tentando achar uma explicação. Eu me lembro da condição dela, das dificuldades que tinha por causa da paralisia cerebral, e tento me consolar com isso. Mas é difícil. É duro. Tenho um amor muito grande pela minha filha.

Andy deu as costas, saiu andando e eu o vi descendo pela escada no final do corredor.

Desci logo após essa conversa. Bonnie estava na cozinha, junto com um *chef* todo uniformizado. Ela me apresentou a ele, que tinha uma estrela Michelin, e me ofereceu um canapé. Andy veio logo em seguida e me levou para fora da casa, onde uma mesa grande redonda estava armada com uma linda toalha *vichy*.

Mesas menores, sofás e cadeiras, um ambiente totalmente provençal, iluminado por lampiões e pequenos pontos de luzes coloridas. Uma brisa agradável. Um bar montado e fomos até ele. Um rapaz preparou uma dose de uísque para nós com gelo e água com gás.

– Engraçado, esse lugar de alguma maneira me lembra a sua casa em Montreal.

– Lembra sim, não tem o rio, mas tem uma vibração muito acolhedora e no inverno faz frio, mas não neva.

– E você, como está, Andy?

– Desculpe, você não deixou um endereço para eu te procurar. E quando meu amigo ligou, dizendo que tinha te conhecido e que você queria vir, fiquei muito confuso. Sinceramente, fiquei feliz por saber que você estava vivo, mas ao mesmo tempo chateado. Você nunca me procurou, não entendi o porquê. Mas tudo bem. Muito bom ver que você está vivo, está bem, está forte e ainda muito bonito.

Andy falou isso rindo e me deu um beliscão amoroso no meu mamilo esquerdo. Eu tomei um grande gole do uísque, que desceu bem. Fiquei pensando no que dizer e só me veio uma coisa na minha cabeça. Puxei minha carteira.

– Eu tenho duas filhas, me casei há uns cinco anos. Estamos separados agora. Olha as fotos delas. Não são lindas?

A foto era eu, com as duas no colo. Melina com dois anos e Cleo com oito meses.

– Que lindas suas filhas! – exclamou.

Agora foi ele que tomou o uísque todo e pediu mais duas doses.

Débora estava se divertindo muito com dois casais de suíços que estavam hospedados, não percebia e nem sabia de nada do que estava acontecendo. Andy foi ver como estava indo o jantar e fiquei sozinho por alguns minutos. E do meio das árvores surgiu

um homem mais velho e careca. E, mesmo sendo magro, ele parecia pesado.
– Você deve ser o Pedro – ele falou em inglês.
– Sim, sou o Pedro. E você, quem é?
– Meu nome é Sam. Sou amigo de Bonnie e também do Andy. Estou passando um tempo aqui na pousada, terminando o roteiro de um novo filme do James Bond. E quis ver de perto essa cena.
Pensei no que ele estava dizendo. Achei o sujeito um tanto estranho.
– De onde você me conhece? Já nos vimos antes?
– Eu estava no *show* do David Bowie em Montreal. Também fui à festa depois do *show* e vi tudo o que aconteceu. As loucuras, as drogas, os beijos furtivos...
– E por que você está me dizendo isso? Fala como se eu tivesse que me preocupar com alguma coisa.
– Você não tem que se preocupar com nada. Mas a Bonnie talvez sim.
– O que você está querendo dizer com isso?
– Talvez a Bonnie tenha que abrir mão de Andy para sempre. Já que ela não abriu mão dele para mim, tenho a esperança de que o felizardo seja você.

Pensei em chamá-lo de impertinente, mas logo a voz de Bonnie ecoou pelo jardim, límpida e suave.
– O jantar vai ser servido. Venham para a mesa.
Sentamo-nos à mesa redonda. Éramos doze ao todo e ao meu lado ficou uma mulher sueca e do outro uma mulher mexicana. Todos estavam de férias e o jantar foi saboroso e tenso. Eu não conseguia tirar os olhos de Andy. O amigo do casal, o tal de Sam, não tirava os olhos de mim. Bonnie não parava de falar: Provence, França, homens franceses, Polanski. Ela não falava alto, até porque não precisava, o ambiente era puro silêncio. Bem no fundo,

a guitarra de Albert King gemia seus *blues* melancólicos. Andy estava sentado ao lado de Débora e os dois conversavam bastante. Vinhos tintos e no final um carrinho de sobremesas com um bolo cheio de velinhas. A sueca ao meu lado aniversariava e finalmente acabou o jantar. Levantamos. Aproveitei para me despedir e fui para meu quarto. Tirei minha roupa. Liguei o ar condicionado e deitei. Fiquei me virando de um lado para o outro por mais de uma hora. Senti um mal-estar, fui ao banheiro e vomitei tudo.

No outro dia, desci cedo e Bonnie já estava na cozinha. Tomamos café ao ar livre. O dia parecia calmo. Tomei um iogurte daqueles inesquecíveis com cassis e um pão *levain* dos deuses. Bonnie nos trouxe um pedaço do bolo de ontem.

– Andy foi a Marseille. Está com negócios lá. Se vocês precisarem de um carro, podem usar o meu. Não vou precisar de carro hoje.

– Temos um táxi que vem nos buscar – disse Débora. Marcamos de jantar em Gigondas.

– Ah, ótimo lugar. Vocês vão amar.

E o dia foi assim. Rodamos por Avignon e ficamos impressionados com a arquitetura gótica presente em todos os lugares. Chegamos de volta à pousada no final da tarde e nos aprontamos para sair de novo. Uma hora depois, já estávamos em Gigondas, um vilarejo que produz um saboroso vinho tinto. O dia passou e senti uma nostalgia tomando conta de mim e, no final do dia, só pensava em ir embora dali.

– Você se incomoda de irmos embora amanhã pela manhã?

Débora me olhou, sem entender nada. Mesmo assim foi solidária e disse que não se incomodava de partir no dia seguinte.

– Mas o que aconteceu? Você não está gostando da pousada?

– Estou gostando sim. Mas quero ir para a praia e aproveitar mais um dia na casa, enquanto as meninas e Olívia não chegam.

Olívia pediu para o Hernandez ficar na casa e, quando ele chegar nós vamos para um hotel, né?
– Adorei o Andy. Ele é cheio de histórias e conhece muita gente e não te vê tem muito tempo, né? Falou que conheceu você há vinte anos.
– É verdade...
Não estiquei o assunto, deixei Débora imaginar o que ela quisesse. A lembrança de Felipe veio forte naquele momento e caminhamos até a Igreja de Santa Catarina de onde se viam as montanhas Dentelles de Montmirail e fiquei ali admirando a paisagem e sentindo a presença de Felipe.

Pedimos ao motorista de táxi para nos pegar às dez e assim pegaríamos um trem para Toulon às onze. Deixamos um bilhete na mesa da recepção avisando que íamos partir de manhã. Quando desci para o café da manhã, já desci com minha mala e Bonnie estava sorridente e feliz.

– *Bonjour*, Pedro. Que pena que vocês já vão hoje. Pensei que vocês ficassem até sábado. Na sexta vão chegar o Mathew Modine, a mulher e os filhos. Eles são muito amigos de Sam.

– Pois é, aluguei uma casa em Ramatuele e vou com minhas filhas e minha ex-esposa para lá por duas semanas. Elas ficam duas semanas e eu volto antes.

– Peraí, você tem filhas?

– Sim, Andy não te falou? Melina e Cleo. Melina tem 4 anos e Cléo 2 anos. Você quer ver? Tenho umas fotos.

– São lindas. Mas porque vocês não ficaram casados?

– Não sei, vamos tentar conversar agora nesses dias. Quem sabe nós não voltamos?

Tomamos café eu e Débora e o motorista chegou dez minutos antes. Colocamos as malas no carro e Bonnie veio nos trazer até a porta da casa. Ao longe vi Sam vindo em nossa direção.

— Sam está vindo. Ele quer dizer adeus para você – disse Bonnie.

— Estamos atrasados. Dá um abraço nele por nós.

Entrei no carro. Queria ir embora o mais rápido possível. Vi que Débora estava dando beijo em Bonnie e fiquei impaciente.

— Vamos, Débora, senão perdemos o trem.

O carro deu a partida e entramos na aleia que levava à estrada. E quando estávamos quase chegando ao final, o Porsche de Andy embicou na entrada e veio em nossa direção. O carro dele parou, então pedi ao motorista para parar o nosso carro. Eu saltei e ele também. Abraçamos-nos demoradamente. Meus braços o envolveram e senti que ele ficou meio paralisado e sussurrei no seu ouvido.

— Eu amo você, sempre amei.

— Eu sei, eu sei...

Os olhos de Andy estavam molhados e ele parecia estar fazendo um esforço enorme para não explodir no choro.

— Novamente, você não ia me esperar. Mas desta vez eu cheguei a tempo. Pelo menos vou poder te dizer adeus.

Eu me encostei no carro. Ele então passou a mão pelo meu cabelo, num gesto de ternura.

— Pode ir, Pedro. Eu estou bem.

Quando entrei no carro, as lágrimas escorriam dos meus olhos. Seguimos direto para a estação. Débora ia abrir a boca para falar algo e eu fiz um sinal negativo com o dedo. Nunca mais vi Andy. Até hoje. Nunca mais disse eu te amo.

...

Fiz meu primeiro teste de HIV em 1989 e deu negativo. Foi um tempo de muita dor, muito sofrimento e muita paranoia. Muita gente ficando doente. Muita gente morrendo. A epidemia da aids foi um verdadeiro massacre. Repeti anualmente meus testes de HIV e sempre deram negativo. Não saí com outro homem até 1995. Acontecia uma vez o sexo casual no meio do nada e voltava ao nada. Encontros e desencontros. Trabalhei duro por muitos anos, sem pensar em sexo ou relacionamento. O casamento com Olívia foi uma tentativa frustrada. Um erro. Eu não a amava e, logo depois do nascimento de Melina, passei a encontrá-la menos. Se ela estivesse em Goiás, eu vinha para São Paulo. E assim se passou um ano. E novamente Olívia ficou grávida. Seis meses depois que Cleo nasceu, ela pediu a separação. Foi para São Paulo com as meninas e só voltou a Ribeirão Preto meses depois, para levar suas coisas. No ano 2000 comprei um apartamento em Alto de Pinheiros. Minha mãe continua morando até hoje na Bela Cintra, mas com meu apartamento me senti independente. Arrumei o apartamento, uma sala e três quartos com quase trezentos metros quadrados. Quarto para as meninas, um para mim e outro para hóspedes, cozinha e banheiros. Tudo certo, para uma vida que eu achei que ia começar a curtir. Tipo vida de homem separado. Não foi assim. Foi trabalho e muito trabalho. Nas férias, as meninas sempre quiseram estar comigo, ou em Ribeirão ou em Goiás. E em alguns anos consegui ir a Orlando, Nordeste por uma semana e elas adoravam. Os três apenas.

Fiquei ali sentado na varanda, o dia começando a clarear.

– Você não vem pra cama?

– Vou sim, mas quero ficar um pouco aqui fora.

Victor veio e sentou-se ao meu lado. Na varanda tinha uma mesa redonda com cadeiras altas tipo dessas de jardim. Victor tinha 26 anos, eu o conheci há seis meses. Há quase um ano vi uma foto dele que me chamou a atenção. Foi no Instagram da minha filha Melina.

– Quem é esse aqui, com essa cara de pastel?

– É o Victor, pai. Ele é modelo e namorou uma amiga lá da faculdade.

Copiei o *link* dele, que estava marcado na foto, e comecei a segui-lo. O Instagram dele era aberto e de vez em quando eu curtia uma foto ou outra. Tinha mais de duzentos mil seguidores e seguia poucas pessoas. Mas um dia ele pediu para me seguir. O meu Instagram era fechado e eu não postava nada a não ser algumas fotos da fazenda, ou da família, ou de meus bichos. Gostei de ele ter começado a me seguir e demorei algumas horas para responder. Acabei me esquecendo de aceitar seu pedido para ter acesso a minha conta. No outro dia, no café da manhã, aceitei a solicitação e poucas horas depois Victor tinha curtido várias fotos.

Uma tarde estava no mercado Santa Luzia fazendo compras e encontrei um velho amigo do tempo de Felipe. Antônio agora era um antiquário famoso, mas quando eu o conheci ele tinha uma barraca na feira da praça Benedito Calixto. Muitas peças que Felipe deixou para a família, e até mesmo para mim, foi ele quem negociou a venda. Ganhou muito dinheiro e hoje vive muito bem e tem uma agenda dos melhores garotos da cidade.

– Pedro, quanto tempo! Como é que, no meio de todas essas revoluções digitais, você é um dos poucos de que eu não sei notícias?

– Antônio, você está bem? Estou em falta com você. Eu tenho o seu celular, me desculpe, é muita coisa, minha filha se casa este ano em Londres e eu não tenho parado de trabalhar.

– Quando é mesmo que ela se casa?

– Em abril. Daqui a dois meses.

– Quero ir neste casamento.

Realmente, Antônio foi ao casamento da minha filha. Em Londres, saí com ele uma noite. Fomos jantar no Amaya Grill. Antônio estava acompanhado de um modelo brasileiro, um cara chamado Arthur, que deveria ter uns 30 anos.

— Conheço o Arthur desde que ele tinha 20 anos. Ele vai e volta. Morou em Milão, Nova York, na Coreia. Somos amigos. Todos os amigos dele vão lá em casa. Você tem que vir uma noite dessas. Assim que voltar ao Brasil, Pedro, vou marcar uma festinha para você conhecer minha casa.

— Claro, Antônio. Será um prazer.

No momento em que Arthur foi ao banheiro, peguei meu celular e abri no Instagram de Victor. Perguntei ao Antônio se ele conhecia aquele garoto. Antônio pôs os óculos e olhou bem.

— Não conheço, mas ele é lindo. Tantos garotos vão lá em casa. Nem sei se esse eu já conheci. Vou perguntar ao Arthur, posso?

— Pode sim. Mas não aqui. Não na minha frente.

— Tá bom, mas ele é tranquilo. Todos são iguais, né, Pedro? Olham para nós e veem um pai que não tiveram, um cartão de crédito ou um tio bondoso.

Dias depois eu já estava em Goiás e Antônio me ligou direto de Paris. Meu relógio marcava seis e meia da tarde.

— Está uma barulheira danada. Não estou quase te ouvindo.

— Consegui localizar esse seu paquera, o Victor. Ele está em Los Angeles. Já sei de tudo. Liga para mim quando chegar a São Paulo. Volto daqui a dois dias.

Antônio mandou mensagens e ligou no *WhatsApp*, mas não respondi. Estava me sentindo exposto e vulnerável. Trabalhei aquela semana feito um louco, fui ao Uruguai, voltei para Ribeirão e viajei para São Paulo. Dormi lá e voltei para Goiás. No meio da fazenda, dirigindo minha Chevrolet antiga, parei o carro e fiquei lá por umas duas horas. Andei um pouco. Fiz umas contas na minha cabeça. Em poucos anos teria sessenta anos. Não queria mais dinheiro. Já tinha o bastante. Estava ali sozinho, cheio de dúvidas. Não seria melhor deixar tudo e ir para Provence? Comprar uma casa perto da pousada de Andy e ficar ali meio que esperando ele vir uma noite ou outra? Se fumasse um cigarro, pelo menos eu me mataria um pouquinho. Ou então poderia dar um tiro ali, agora, na minha cabeça, e acabar com aquilo tudo. Voltei para casa e liguei para Antônio. Ele reclamou um pouco que eu não dava retorno. Tentei me explicar, mas não convenci.

– O Victor é de uma família classe média aqui de São Paulo. É seu vizinho, sabia? Se você ficasse um pouco mais por aqui, talvez o encontrasse. É surfista paulista! Conhece essa tribo? Que pega onda só nos finais de semana porque em São Paulo não tem mar? Arthur diz que ele é *gay*.

Antônio organizou uma festinha na casa dele, no sábado seguinte. Cheguei cedo a São Paulo, fui até o *shopping* Iguatemi e rodei e rodei. Não encontrei nada que fosse do meu interesse. Nada. Perdi o gosto por comprar roupa. Agora me acho gordo. Em todos esses anos engordei doze quilos. Não era gordo, mas também não podia dizer que era magro. Tinha me largado mais nos últimos anos. Resolvi ir até o barbeiro perto de casa. Cortei um pouco o cabelo e fiz a barba. Queria estar com uma aparência ao menos razoável na festa de logo mais.

Quando cheguei à festa do Antônio estava tocando a música *El perdedor*, do cantor colombiano Maluma. Isso me fez sorrir. Victor estava sentado no meio de dois amigos, super-relaxado. Antônio tinha uma mesa de sinuca em uma sala e um *deck* de *DJ*. O apartamento era duplex e na cobertura uma turma fumava seu *skank*. Garotas bonitas e algumas pessoas mais velhas. Até me surpreendi pelo número de pessoas mais velhas. Deveria ter umas quinze no meio de cinquenta jovens. Pouco depois, Arthur, com quem eu já tinha falado no andar de baixo, quando cheguei, veio na minha direção, trazendo o Victor. Arthur parecia meio sem graça.

– Oi Pedro. Tudo bem? Este é o Victor. Lembra que eu te falei? Cara legal, gente fina, conhece Los Angeles como ninguém.

Ficamos ali, conversando sobre a Califórnia, e notei que a voz dele era arrastada. Disse que gostava de pegar onda em Oceanside e andar de *skate* em Venice Beach. Seu jeito másculo de ser me atraía. Enquanto Victor falava, eu olhava para ele e pensava: quanto esse cara quer para dar uma trepada comigo? Tomei um uísque e resolvi puxar assunto. Tentar saber mais sobre ele.

– E sua namorada? Cadê ela?

– Não, Pedro, não tenho namorada. Se tivesse, eu não estaria aqui. Estaria com ela curtindo em algum lugar.

A conversa foi ficando rasa, sem assunto. Tentei melhorar o nível do papo.

– Eu te sigo no Instagram. Gosto das tuas fotos.

– Também te sigo. Você é pai da Melina e de outra menina.

– É isso mesmo. Cleo é o nome da minha outra filha.

– Suas filhas são muito lindas.

– Muito obrigado. Bom. Acho que está na minha hora de ir embora.

– Ah, legal. A gente se fala qualquer dia.

– Tá bom – eu disse.

Saí descendo a escada e lá embaixo o som já tocava Anitta a todo volume, e algumas pessoas dançavam, exibindo coreografias engraçadas. Olhei a dança por dez minutos. Atravessei o salão e abri a porta. Desci, peguei meu carro e fui para casa.

Dez dias depois eu estava na fazenda São Miguel, que fica a 40 km de Luziânia. Meu celular estava com um sinal bom, fiquei vendo as fotos no Instagram e passou no meu *timeline* uma foto do Victor. Olhei a foto, um *close* do rosto molhado, como se ele tivesse acabado de sair da água, e ao fundo dava para ver uma praia. Resolvi mandar um *direct*.

– E aí, como você está? Sumiu.

Entrei no carro e fui dirigindo até o depósito de soja. Esta fazenda foi a primeira que comprei em Goiás. Já tinham me oferecido doze milhões pelas terras, mas vender não fazia parte dos meus planos. Estávamos tendo uma produção de 110 sacas por hectare e a fazenda tinha um total de dezoito mil hectares. A casa da fazenda não tinha nenhum charme, mas foi ali que vivi com Olívia e minhas filhas. Depois comprei outras fazendas, mas mesmo sendo sem graça eu gostava de estar ali. Victor retornou minha mensagem, pedi o zap e ele me mandou. Liguei pelo zap, eram uma seis e meia.

– Estou em casa, ele falou.

Você não quer vir conhecer minha fazenda?

– Quando? – ele perguntou.

– Hoje, agora de noite.

– Você quer que eu vá dirigindo até Ribeirão Preto?

– Não. Eu estou em Goiás.

– Como vou chegar em Goiás ainda hoje?

– É verdade – falei, vem amanhã.

– Amanhã tenho um teste. Mas posso quinta.

Pensei um pouco. Queria voltar para o Uruguai na quinta. Tinha reservado uma passagem para ir encontrar a Cleo. Mas sempre é possível fazer uma mudança de planos.

– Tá bom, quinta, fechado. Vou te mandar a reserva da passagem e te pego em Brasília.

Na viagem de Brasília para Luziânia de carro, o meu sexto sentido me dizia que algo estava errado. Victor estava tranquilo, mas de alguma maneira inquieto.

– E aí, Pedro, o que vamos fazer? A fazenda fica muito longe?

– Não. Mais uns quarenta minutos. Lá não tem muito o que fazer. Mandei preparar um churrasco. Você come carne, né?

– Como carne sim. Tô querendo parar, mas não consegui ainda.

Victor ficou olhando o visual da paisagem pela janela do carro e de repente perguntou:
– Isso que é o cerrado?
– É o cerrado sim. E também muitas fazendas que são a base da economia do Brasil.
Victor me olhou com uma cara de bobo. Achei um deboche e fiquei quieto. Atravessamos a porteira da fazenda e continuei dirigindo; passamos pelo depósito das colheitadeiras e tinha umas quatro grandes.
– Quanto custa cada uma dessas? – perguntou Victor.
Não respondi. Parei o carro. Vamos saltar.
– Tá vendo as terras para o leste? Até onde você enxerga é soja. São trinta e dois hectares de soja plantada.
Falei por quase quarenta minutos sobre soja, o plantio, a colheita e as possibilidades econômicas do produto.
– Tenho muito orgulho do que eu faço. Aqui no Estado de Goiás tenho seis fazendas de soja, duas de cana em São Paulo, duas de gado no Uruguai e uma de arroz no Rio Grande do Sul e ainda mais três de cultura mista em São Paulo. Granjas eu tenho parceria em umas 20, em vários estados. Meu escritório em São Paulo tem 54 pessoas trabalhando e ao todo são mais de mil e quinhentas famílias trabalhando nas fazendas. Tenho também dois frigoríficos no Uruguai, ia me esquecendo. Muito trabalho.
– Você tem orgulho de tudo isso?
– Tenho muito orgulho, meu amigo.
Mostrei a casa e o quarto dele. A casa era sem graça, não tinha muito que mostrar. Mas era um ambiente acolhedor e campestre.
– Fica à vontade. Vou falar com meus empregados. Daqui a pouco te chamo para o churrasco.
Fui para o escritório e entrei no transe financeiro das aplicações e das contas. Lembrei que tinha que pagar naquele dia uma

parte de uma fazenda que tinha comprado para Cleo, no Uruguai. Autorizei uma transferência bancária dos Estados Unidos para um banco no Uruguai e ainda comprei cem cabeças de ovelhas *suffolk* para colocar na fazenda de Cleo, para quando ela for até lá ter essa surpresa. Dona Doralice, que comanda a casa da fazenda, entrou no escritório.

– Senhor Pedro, o seu amigo está lá fora, conversando com alguns funcionários. Ele pediu para avisá-lo de que o churrasco tá quase pronto.

Ela riu. Fiquei pensando: nunca tinha levado nem um homem nem uma mulher para a fazenda. Agora estava com um garoto que tinha a metade da minha idade. Eu com cinquenta e quatro anos. Ele com vinte e cinco. Talvez todos estivessem rindo de mim. Meu orgulho de ter fazendas e ser rico de nada adiantava sem eu ter orgulho do que eu sou. Resolvi fumar um cigarro.

– Doralice! – Eu gritei.

– Sim, senhor Pedro.

– Preciso de um cigarro. Consegue para mim.

– Mas o senhor não fuma faz muito tempo.

– Mas me deu vontade agora.

– Peraí, vou pegar.

Ela veio com um cigarro e com um fósforo. Acendi e fumei. Fique tragando e soprando a fumaça em direção a uma réstia de luz do sol que atravessava a janela.

Lá fora, próximo à casa das maquinas, tinha uma roda de homens, todos empregados da fazenda. Tipos rudes, acostumados com o trabalho pesado do plantio da soja. Quando cheguei, o Josenildo, capataz da fazenda, meu braço direito, veio em minha direção.

– Senhor Pedro, venha se sentar aqui na mesa. Quer uma cerveja? Tá bem gelada.

– Agora não. Deixa o sol cair um pouco. Vou tomar uma água com gás, com gelo e uma rodela de limão.

Victor me pareceu muito à vontade em meio aos meus empregados. Conversava com eles, ria, fazia perguntas. Parecia interessado na vida no campo. Estava com um copo de cerveja na mão e o copo ficou com ele o tempo inteiro. Ele gostava de cerveja. Na hora da mesa tinha uns 20 homens sentados comendo e na minha mesa estavam Josenildo, mais dois capatazes e o nosso agrônomo. Marcos chegou e falou.

– O que houve? Hoje ninguém trabalhou?

Josenildo falou que aconteceu um feriado extra.

– O patrão decretou que hoje era dia de churrasco.

O sol foi indo para o oeste e meu leitão a pururuca ficou pronto. Era o melhor do Brasil. Porcos criados em cativeiro, com muita soja e milho. Criar porcos é minha nova paixão. Bebi um pouco de cerveja e, quando o leitão foi servido, Victor sentou-se ao meu lado e falei um pouco sobre a criação dos porcos.

– O que foi, por que você está me olhando assim?

Victor passou a mão pelo rosto e sacudiu a cabeça.

– Não estou entendendo nada, só sei que estou gostando.

– Quer um limão para colocar no porco?

O sol começou a cair e já eram quase cinco da tarde. Pedi licença e saí para andar. Passei além da casa da fazenda e andei pela estrada até não ouvir mais nada. Deitei no chão de terra, já dentro da plantação de soja. Coloquei meu ouvido direto no solo. Quase dormi. Passaram números, pessoas e lugares na minha mente. Lembrei do meu pai.

– Fala comigo, papai. Fala comigo.

Fiquei ali deitado e a noite foi chegando. Agora eu ouvia o barulho dos insetos. Então me levantei e voltei caminhando.

Entrei em casa, fui para meu quarto e liguei a TV. A casa estava um silencio absoluto. Ouvi um barulho na sala e Victor entrou no quarto. Ele segurava uma garrafa transparente na mão com um liquido meio amarelo.

– Já te deram uma cachaça?
– Deram sim, quer um trago?

Victor foi até lá dentro da casa e voltou com dois copinhos de licor.

– Achei esses copinhos aqui.
– Tá ótimo.

Eu me levantei e fui até ele. Victor encheu os dois copos e bebeu num gole só.

– Que tal? Desceu bem? – perguntei.
– Arde no final – ele disse.

Victor encheu o copo dele de novo e tomou. Colocou a garrafa numa mesa do lado da parede. Olhou para mim, dentro dos meus olhos, e deu uns passos meio cambaleantes em minha direção.

– E então, seu Pedro, o que você quer de mim?

Eu ri. Disse que ainda não sabia. Victor deu um passo para trás e tirou a camisa, depois o tênis e a calça.

– Eu não sou do mato, sou do mar.

Ficou de sunga. Uma sunga azul marinho que parecia guardar algo bem volumoso dentro dela. Victor pulou na cama de frente para mim.

– Vem aqui do meu lado.

Tirei minha calça e minha camisa. Fiquei de cueca. Passei meu braço em volta do tórax dele.

– Faz alguma coisa para ele acordar.

Victor estava encostado no alto da cama. Enfiei a mão por dentro da sua sunga, segurei no pau dele e fui aproximando minha boca da boca dele. E ele foi tirando a boca e virando para o lado.

– Você quer beijo na boca? – ele disse, meio que entre os dentes.
– Quero.
Ele me virou e ficou por cima de mim.
– Abre bem a boca.
Eu abri e ele juntou saliva da boca dele e cuspiu dentro da minha boca. Não foi um jato, a saliva dele foi caindo e ele foi aproximando a língua dele que estava para fora. Suas mãos prendiam meus braços e a língua dele foi entrando na minha boca aos poucos até que os lábios dele encostaram nos meus. Ele puxou minha cabeça para trás e passou a língua no meu pescoço.
De repente pulou da cama, foi para o meu banheiro e eu ouvi a água do chuveiro cair. Virei para o lado e quase apaguei. Ele voltou e me virou de frente para ele. Tentei falar algo e ele colocou o dedo na minha boca, num sinal de silêncio.
– Quietinho que vou te foder muito.
E foi a noite mais louca que eu tive desde que me lembro. Andy foi o último homem com quem eu transei com tanto desejo. Num dado momento, Victor estava pulando na cama como um macaco. Pulava de um lado para o outro e depois ficou em pé fora da cama.
– Vem de quatro mamar minha caceta.
Foi tudo tão louco, e ao mesmo tempo tão profundo, que quando acabou eu fiquei deitado, meio que sem ar, e com um medo tão grande dentro de mim, que apaguei profundamente.
O quarto estava escuro e gelado. Pulei da cama e fui para o banheiro. Meu relógio marcava sete e quarenta. Àquela hora, eu pensei, dona Doralice já estava na cozinha e talvez tenha feito um giro pela casa. Fui até a sala e vi que o café estava em cima da mesa. Geralmente a essa hora eu estaria terminando o café. Fui à cozinha.
– Bom dia, Dona Doralice.

– Bom dia, seu Pedro. O café está pronto. Fiz um pão de minuto, mas tem também bisnaga. O senhor quer que eu chame seu amigo?

Percebi um tom diferente na sua voz quando ela pronunciou a palavra amigo.

– Não precisa chamar meu amigo, eu mesmo chamo. Ou melhor, deixa ele dormir mais um pouco. Ainda é cedo para ele que não é da fazenda.

Fui até o quarto e Victor não estava lá, e nem estava no banheiro. Olhei no quarto do lado e suas roupas estavam jogadas no chão e ele estava deitado de bruços, só de sunga, dormindo na cama.

Duas horas mais tarde Victor apareceu no meu escritório. Estava de *jeans*, sem camisa e descalço. Fiquei olhando para ele com seus cabelos louros e seu corpo bronzeado. Sentou no sofá.

– Olha não sei o que me deu.

Eu o interrompi.

– Já tomou seu café?

– Não, estou um pouco enjoado.

– Tem suco de laranja, ovos, tapioca com queijo, você gosta?

– Quero uma banana, ele falou.

– Vamos ter que correr. Seu voo é daqui a três horas.

– Tô com tudo pronto – ele disse.

Victor tomou o café devagar, enquanto eu resolvia algumas coisas da fazenda. Depois passei pela sala e ele estava lá, quieto.

– Então, vamos? – eu disse.

Voltei no quarto, Dona Doralice veio atrás de mim.

– Seu Pedro, sua filha Melina ligou hoje cedo para falar com o senhor e não conseguiu. Ela tentou seu celular e estava desligado.

Voltei para o escritório e liguei meu celular. Eu às vezes me esqueço e deixo desligado. No celular tinha uma mensagem dela.

O QUARTO ESTAVA GELADO E ESCURO | 215

– O que o Victor está fazendo aí na fazenda? Junto com a mensagem havia um *link* de uma foto do Instagram dele. Na foto, Victor estava em primeiro plano, parecendo um *cowboy*, tendo ao fundo nossa plantação de soja e uma legenda irreverente.
– Conhecendo o agronegócio. Plantação de soja, cadê o cerrado brasileiro?
Victor entrou no escritório e eu guardei o telefone.
– Vamos?
– Vamos sim. Tem um aviãozinho que vamos pegar agora, aqui em Luziânia, e paramos em Brasília. De lá eu sigo para o Maranhão.
Peguei um envelope que estava em cima da minha mesa de trabalho e entreguei a Victor.
– Este envelope é seu.
Ele segurou o envelope e abriu discretamente. Eu tinha colocado mil dólares. Ele contou as notas, sorriu para mim e disse obrigado.
No carro Josenildo foi falando o tempo todo e Victor não disse nada. Brasília chegou rápido e não tivemos muito tempo para nos despedirmos. Foi só um valeu, obrigado e te ligo. Maranhão, depois Ribeirão e acabei indo para Houston e depois voltei para Ribeirão e Goiânia e finalmente voltei para São Paulo. Doze noites em lugares diferentes e aquela noite em Luziânia ainda estava ali comigo. Minha filha Cleo queria que eu fosse à noite para Montevidéu, mas eu queria uma noite para mim. Ficar um pouco em São Paulo. Tentar falar com Victor. Apenas lá pelas três da tarde consegui ficar sozinho na minha sala do escritório da empresa, na Rua Pamplona, atrás do Maksoud Hotel. Um prédio antigo, duas salas grandes, umas vinte pessoas trabalhando e nada mais. Minha sala fica dentro de outra, sem muitos arquivos. Os meus preciosos papéis. Poucas fotos. Felipe, eu e Gino, as meninas e só.

– Oi Victor, tudo bem? Sou eu, Pedro.
– Oi Pedro, tudo bem. Você sumiu.
– Estava viajando, mas você podia ter ligado.
– Muita correria também.
– Como estão as coisas? Trabalhando muito? – perguntei.
– Tem uns trampos, que eu fiz, mas só recebo mês que vem. E hoje estou no mecânico vendo um conserto aqui e quero ir para Ubatuba amanhã. Tenho que morrer numa grana para tirar o carro, senão ele só me entrega semana que vem. Esses papos. Tentei desenrolar, mas ele quer um dinheiro e eu não tenho agora.
– E quanto é? – perguntei.
– Não precisa não. Vou tentar aqui. E aí? Você tá em Sampa?
– Estou sim. Diz aí, quanto é o conserto do carro?
Victor respirou fundo
– Olha só. Tá difícil para mim. Não tá aparecendo muito trabalho e não quero pedir esse dinheiro para o meu pai.
Ouvi outra respiração e continuei insistindo.
– Pode falar. Quanto é o conserto?
– São dois mil e seiscentos.
– Você tem uma conta? Faço uma transferência agora mesmo.
– Tenho, sim, você pode anotar?
Anotei os dados bancários do belo jovem certo de que ainda ia movimentar muito aquela conta.
– Poxa, eu não sou isso. Não sou mesmo. Estava tudo indo tão bem e a porra do carro resolveu quebrar logo hoje.
Naquela noite pedi um barco de japonês e, quando Victor chegou, estranhei. Ele estava de havaianas, bermuda de *surf* e um casaco.
– Desculpe vir assim. Peguei o carro na oficina e depois passei na casa de uns amigos, fui em casa, tomei um banho e vim direto. Mas tá um trânsito fodido.

– Você quer sair?
– Prefiro ficar aqui contigo. Pensei em dormir aqui e amanhã vou direto para Ubatuba.

Victor chegou às oito e quinze e fomos dormir as duas da manhã. Antes de dormir fiquei olhando o corpo dele sem roupa, deitado na minha cama. Nunca um homem tinha dormido na minha cama, na minha casa. Fui para a sala e arrumei umas coisas na cozinha, joguei um lixo fora. Ele fumou um baseado e eu não sabia o que fazer com aquela bagana. Coloquei na mesinha ao lado dele; quando me virei, ele tocou a minha perna.

– Vem deitar – ele falou.

No Uruguai, minha filha estava impaciente. Foram dois dias de discussões sobre gado, arroz e azeite, até que chegou o momento em que eu perdi a paciência.

– Por que você não diz logo o que você quer, ao invés de ficar teimando com coisas que você desconhece? Criei isso tudo que tenho sozinho. Meu pai era um bêbado e minha mãe nunca ligou para saber como os negócios estavam indo. Não vou aturar que você, uma pirralha, me diga o que você acha melhor, na frente de homens que conhecem o que fazem. Vai estudar agronomia, terminar sua faculdade e depois conversamos. Se você me encher o saco, vendo essa porra toda. Não preciso de fazenda no Uruguai para nada.

Saí puto de lá. Voltei para Ribeirão Preto e lá me tranquei por umas noites, até que um dia vi no meu Instagram uma solicitação de mensagem. Meu Instagram tinha três fotos. Uma minha com Felipe, em Florença. Outra minha com meu pai, na fazenda. E outra minha com minhas filhas. Tinha uns 15 amigos e eu seguia umas 20 pessoas.

– Você sumiu? Não responde *WhatsApp*. O que faço agora?

Era o Victor.

— Vou te ligar — eu escrevi.
Liguei e conversamos um pouco. Percebi que ele tinha vontade de acertar, mas que não era um talento nato. Gostava de *surf*, era *goofy*, mas não ia se dedicar ao esporte. Era mais um estilo de vida, era modelo, mas não tinha intenção de ir para Milão; já tinha feito algumas campanhas boas, mas queria viver no mundo da moda sem muito esforço. Seu pai cobrava um pouco, mas não muito. Estava esperando uma oportunidade para mostrar seu potencial, mas ele não sabia o que queria. Era cuidadoso com as palavras e educado.

Senti um frio por dentro e resolvi pular da poltrona. Peguei minha *land* que estava na garagem, vesti um *sweater* e fui para São Paulo. Cheguei em casa e Victor já estava embaixo me esperando. Saímos. Foi incrível, me senti muito bem. Rodamos por bares e restaurantes nas duas noites seguintes e na outra noite pegamos um voo para Paris e de lá para Bordeaux. Ficamos três noites e alugamos uma van e fomos para Hossegor. Dormimos duas noites e eu o deixei lá por mais 10 dias. Ele se resolveu muito bem e quis ficar em um hotel mais barato, depois que fui embora. Uma noite estávamos conversando com um grupo e um dos franceses perguntou se eu era o pai dele. Na hora, foi como se um espelho tivesse partido na minha frente.

— Não, ele não é meu pai. É meu namorado.

Victor deu uma risadinha e um beijo, tipo selinho. No dia seguinte acordamos de ressaca e ele estava nu na minha cama.

— Quer dizer que sou seu namorado? Mas — não sou.

Voltei ao Brasil antes e uma semana depois ele voltou. Não conseguimos nos ver por uns dias até que uma tarde ele me ligou.

— Vamos nos ver, hoje?

— Vamos, sim, estou em Brasília. Chego umas sete horas em Congonhas.

– Vou te pegar – ele disse.
– Hum, bom. Eu vou ter que me livrar de umas pessoas, mas tudo bem. Só vou te dizer uma coisa: não gosto de esperar. Se você não chegar na hora, me fala que eu pego um táxi.
Chovia quando o avião desceu em Congonhas. Pela janela vi que a cidade estava parada. Cheguei ao saguão com uma mala de puxar e um terno na mão. Era uma quinta-feira e meus planos eram chamar Victor para conhecer a fazenda de Ribeirão e também a do meu tio em Jabuticabal, que era mais lucrativa e onde eu acabara de fazer uma reforma na sede. Eu tinha que ir lá. Esperei 40 minutos até Victor chegar. Não havia o que fazer. Entrei no carro dele.
–Me desculpe, não pude fazer nada, o tempo não ajudou.
–Tudo bem – eu disse.
O carro estava uma bagunça. Areia, jornal e roupa.
– Você estava fumando maconha.
– Estava sim, tem aqui.
Tirou um baseado do bolso da camisa.
– Não – eu falei. Ele acendeu e ficou olhando para mim, tragou e soltou toda a fumaça na minha direção.
– Você acha que tem alguma polícia que vai me parar com essa chuva?
– Não, eu acho que você pode bater o carro nessa chuva e com maconha fica tudo mais *cloudy*.
– *Cloudy*? Que coisa mais de veado.
Ouvi um choro de animal.
– O que foi isso? – perguntei.
– Eu te apresento Madame Filó. Pega ela aí atrás,[embaixo do seu banco.
Eu olhei e tinha uma caminha feita de jornal e um pano. E no meio dela, escondida, uma filhotinha de Dogue Bordeaux. Eu consegui pegá-la e a trouxe para meu colo.

– Ela é linda, Victor.
– Fui pegá-la em Cumbica ontem. Ganhei lá em Hossegor, mas não quis te contar.

Victor pegou minha mão e apertou de um jeito viril.

– Ela é nossa. Tem dois meses e duas semanas. Come e dorme o tempo todo.

Fiquei com ela no colo até a hora em que chegamos à casa. Eram quase nove da noite.

– Estou cansado e amanhã vai dar um *swell* em Ubatuba e marquei com uns camaradas de descer às 4 da manhã.

– Mas – pensei que íamos para Ribeirão Preto.

– Amanhã, vai dar um *swell* em Ubatuba e eu quero surfar com os meus "parças". Volto domingo.

– Terça tenho que voltar para Brasília e só volto para Ribeirão daqui a duas semanas – eu falei.

– Vou com você para Brasília e volto na quinta-feira de manhã, na hora do almoço. Tenho umas fotos aqui.

– Bom, vou organizar isso. Você tá precisando de dinheiro?

– Não, tenho tudo em Ubatuba. A Filó fica com você hoje e vamos levá-la para Brasília.

– Tá bom – eu disse. Vou levá-la para Ribeirão. Meu prêmio de consolação.

– Vai logo, senão desisto de surfar. E, se eu não for, vou ficar de péssimo humor e vou descontar em você.

Desci do carro e o porteiro veio ajudar com a mala. Na manhã seguinte, antes de ir para Ribeirão de carro, levei Filó para conhecer minha mãe. Ela ainda não podia ficar no chão. Passei antes na Pet Shop perto de casa e comprei um mundo de coisas, inclusive uma caixa para viagem. Cheguei na minha mãe e o apartamento estava ao contrário do que o costume, todo aberto, claro. Minha mãe tem três *shih tzu* e eles foram à loucura quando soltei a Filó.

Ela ficou tímida, mas logo já estava correndo e fez xixi pela casa, o que fez a empregada andar com um pano atrás dela, secando, antes que minha mãe visse.

Fiquei na sala e andei até a sala de jantar e notei que faltavam várias peças e objetos. Principalmente uma tela de Lasar Sagall, que não era tão triste como a maioria das telas, por isso ficava na sala de jantar.

– Meu filho querido, tudo bem?

– Tudo, mamãe. Como você está?

Mamãe estava usando um conjunto tipo safári verde-musgo de seda e uns colares de ametistas brutas.

– Seu apartamento tá tão diferente, meio vazio.

– Eu pintei, Pedro, e tirei uns tapetes, quadros e ficou mais claro. Estou simplificando as coisas um pouco. Inclusive eu tenho algo para você aqui. Vem comigo.

Fomos até uma saleta que minha mãe chamava de seu canto preferido. Ali tinha seus livros, seu cofre e uma cômoda grande e seus papéis e arquivos, uma confusão arrumada. Ela pegou o talão de cheques, destacou uma folha que estava preenchida e me deu.

– Que é isso, mamãe? Setecentos e cinquenta mil reais.

– Sua parte, meu filho, em umas coisas que eu vendi.

– O Sagall?

– Sim e outras coisas. Meu pai não gostava desse quadro. Seu pai não gostava de nada de que eu gostava. Então, foi embora. E quer saber? Por que ficar com ele e com um monte de coisas que não quero mais? Cansei. Sua filha Cleo esteve aqui na semana passada.

– Sim, eu sei. Estava na fazenda em Goiás e acabou que nem a vi.

– Ela me levou três bolsas, uma pelerine com vison e duas rivieras de brilhantes. Ela é tão linda. Está brigada com você, não é?

– Pode ser. Eu disse umas coisas que ela precisava ouvir. Não pode querer me ensinar a tocar uma fazenda. Uma pirralha.
– Nós vamos para Londres semana que vem, minha mãe falou.
– Melissa me contou.
– Mamãe, quero te falar uma coisa.
– Não quero saber. Já tem muita fofoca acontecendo por aí.
– Que fofoca, mamãe?
– Nada. Nada não. O que é mesmo que você quer me contar?

Olhei para minha mãe com ternura. Pensei um instante.
– Não é nada não. Estou vendo a senhora tão bem que não vou estragar esse astral com uma bobagem.
– Se é bobagem, é melhor não falar.
– Isso mesmo, mamãe. Não vou perder tempo com coisas sem importância. Viu minha nova cachorrinha? Vem aqui conhecer a Filó.

Fiquei viajando e, sempre que voltava a São Paulo, eu e Victor dávamos um jeito de estarmos juntos, e nossa relação foi crescendo. A Filó ia trocando de casa. Uma semana comigo, uma semana com Victor e alguns dias conosco. O ano foi passando e, no começo de 2018, fomos para o Havaí juntos. Rodamos as ilhas todas. Não era uma *surf trip*. Victor até surfou uns dias em Waimea. Foi mais uma viagem de exploração e ele colocou uma foto nossa no Instagram.
– O cara que sabe tudo, meu fiel amigo.

Foi uma explosão de *directs* e mensagens. E eu fiquei quieto, na minha. Eu não tinha que dar satisfações da minha vida. Só Melissa me mandou uma mensagem com a foto anexada do Instagram do Victor: *você está tão feliz nessa foto. Quero muito conhecer o Havaí.*
– Obrigado, filha. Você vai gostar do Havaí.

Abri as portas que dão do meu quarto para a varanda e fui lá para fora. Uma lua minguante caía do lado oeste da fazenda.

Uma brisa fria vinha na minha direção. Os pensamentos viajaram. Felipe, Andy, Omar, as cidades, as fazendas, minhas filhas e agora Victor.

– Você não quer voltar para a cama?

Senti um abraço apertado por trás de mim. Pensei: só tenho que agradecer.

– Vou, mas antes estou aqui pensando. Você acha importante nós morarmos juntos?

Ele me soltou e perguntou:

– Agora?

– É, agora. Por que o que vai adiantar se for ano que vem ou daqui a dois anos? Ou é agora ou não é mais.

– Onde você quer morar?

– Quero morar aqui. Para mim minha casa é nesta fazenda. Tenho tudo de que gosto aqui.

– Quero morar no Havaí.

– Entendo – eu disse.

– Meu sonho é esse, preciso estar perto do mar. Mas posso ir lá uma vez por ano e também ficar aqui. Nós já estamos juntos.

– A verdade é que estou querendo diminuir um pouco o meu ritmo de vida. Não tenho mais como continuar neste pique, fazendo várias coisas ao mesmo tempo. Estou perdendo o gás.

– Vem dormir – Victor disse.

Acordei ás 7 da manhã o quarto estava quente. Levantei-me e olhei para fora da janela do meu quarto. O dia estava lindo e o mar azul. O Havaí é aqui.

https://www.facebook.com/GryphusEditora/

twitter.com/gryphuseditora

www.bloggryphus.blogspot.com

www.gryphus.com.br

Este livro foi diagramado utilizando a fonte Minion Pro
e impresso pela Gráfica Vozes, em papel polen bold 90 g/m²
e a capa em papel cartão supremo 250 g/m².